1ª edição

Edson Gabriel Garcia

Lili Pimenta, a dona da bola

Ilustrações: Ricardo Montanari

Conforme a nova ortografia

Série Entre Linhas

Editor • Henrique Félix
Assistente editorial • Jacqueline F. de Barros
Revisão • Pedro Cunha Jr. e Lilian Semenichin (coords.) / Debora Missias / Renato Colombo Jr. / Elza Gasparotto / Alexandra Costa
Gerente de arte • Nair de Medeiros Barbosa
Diagramação • Edsel Moreira Guimarães
Projeto gráfico de capa e miolo • Homem de Melo & Troia Design
Coordenação eletrônica • Silvia Regina E. Almeida
Produtor gráfico • Rogério Strelciuc
Suplemento de leitura e projeto de trabalho interdisciplinar • Maria Sylvia Corrêa
Preparação de textos • Maria Cecília F. Vannucchi

Dados Internacionais de Catalogação na Publicação (CIP)
(Câmara Brasileira do Livro, SP, Brasil)

Garcia, Edson Gabriel
Lili Pimenta, a dona da bola / Edson Gabriel Garcia ; ilustrações Ricardo Montanari. – São Paulo : Atual, 2009. – (Entre Linhas : Adolescência)

ISBN 978-85-357-0656-7

1. Literatura infantojuvenil I. Montanari, Ricardo. II. Título. III. Série.

CDD-028.5

Índices para catálogo sistemático:

1. Literatura infantojuvenil 028.5
2. Literatura juvenil 028.5

SARAIVA Educação S.A.
Avenida das Nações Unidas, 7221 – Pinheiros
CEP 05425-902 – São Paulo – SP – Tel.: (0xx11) 4003-3061
www.editorasaraiva.com.br
atendimento@aticascipione.com.br

10ª tiragem, 2018

CL: 810610
CAE: 602651

Impressão e acabamento : Bartira

Sumário

Coisas delicadas

Lili entrou na loja de roupas femininas com a mãe. Vânia, a mãe, parecia mais excitada do que Lili com a perspectiva da compra do primeiro sutiã da filha.

– Anda, Lili. Vamos ver nessa loja que eu já conheço. Minhas amigas me deram muitos endereços, mas, sabe?, loja é uma coisa assim: ou você gosta ou você não gosta.

Lili ouvia a mãe até com um pouco de raiva. Tinha pedido a companhia dela para comprar o primeiro sutiã mais pela questão econômica, afinal a mãe pagaria a conta. Mas agora pensava no compromisso assumido com o pessoal da escola e que não estava cumprindo, exatamente por estar com a mãe naquele roteiro de lojas e lojas.

– É como comprar roupa: você bate o olho e alguma coisa no fundo do coração diz para você gostar ou não gostar. Não tem explicação. Quando não cai bem, nem o papa faz você gostar...

Sua mãe era assim mesmo, pensava Lili. Gostava ou não gostava das roupas, das comidas, dos carros, das pessoas. Lembrou-se até com certa tristeza de uma amiga chamada Teresinha: a mãe meteu na cabeça que Teresinha não era gente do bem e proibiu-a de conviver com a menina. Lili conhecera a mãe desse jeito e se acostumara com ela. E, desse jeito mesmo, gostava muito da mãe, admirando seu modo firme de decidir sobre as coisas da casa, do negócio da família que ela tocava, da vida de ambas. Do pai, Lili herdara o sobrenome, Pimenta, que ela gostava de carregar e de usar para ameaçar os meninos da escola, quando zombavam dela. Ele morrera quando Lili tinha poucos meses de vida, e dele só tinha fotos antigas. Ela e a mãe pouco falavam dele: a mãe, para não sofrer, e Lili por não ter o que dizer.

– Acho que você vai gostar desta loja. Uma vez comprei aqui um vestido para você. Aquele amarelinho bordado que você usou no aniversário da vovó...

A loja era, de fato, bonita, bem-arrumada, e o ar-condicionado ligado refrescava deliciosamente o ambiente, ajudando-a a suportar o calor e a insistência da mãe. Quanto ao vestido amarelo bordado, se realmente existira, Lili não tinha a menor lembrança dele.

Sem muita cerimônia, Vânia pediu à primeira vendedora que se aproximou delas:

– Oi, meu bem. Eu quero um sutiã para minha filha, esta garota fofinha aqui.

Lili encolheu-se. Por que a mãe tinha que falar desse jeito alto e meio debochado?

– Mãe... eu só pedi sua ajuda pra comprar...

Embora não houvesse nenhum outro cliente na loja, ela estava quase estourando de vergonha. Se tivesse se olhado num espelho naquele momento, certamente teria se visto vermelha feito uma pimenta.

Vânia continuou falando como se fosse um pouco dona do mundo e naquele momento só existisse ela, a filha e o sutiã da filha.

– Capriche, mocinha. O primeiro sutiã, você sabe, a gente nunca esquece, não é?

A vendedora fez que sim com a cabeça, mais para ser gentil com a cliente do que por outra razão, e tomou o rumo de uma prateleira.

– Tem que ser especial, Lili. O primeiro sutiã...

– Eu já sei, mãe, a gente nunca esquece.

– Isso, garota, isso mesmo.

Lili sentiu que o prazer da compra daquele sutiã era mais da mãe do que dela mesma. Até dois ou três dias atrás, ela tinha apenas uma vaga ideia de que deveria usar sutiã. Sentia algumas pequenas coisas diferentes acontecendo com seu corpo, mas o corpo não pedia nada, pelo menos nada que fosse urgente. Então a mãe foi chegando e dizendo "Está na hora de usar sutiã, menina", e ela, diante do espelho, reparou no volume dos seios, um pouco maiores do que antes. "Engraçado", pensara Lili, "de um dia para o outro, acontece cada coisa com a gente. Um dia não tem nada, outro dia o espelho mostra diferenças. E justo agora. Bem que meu corpo podia ter esperado umas semanas mais para mandar novidades!". Continuou perdida em seus pensamentos. Lembrou-se dos meninos e de uma vez que um deles foi objeto de gozação dos outros por causa de uma cueca furada. Depois de um jogo, no vestiário, na hora de trocar de roupa, os garotos viram que ele estava com uma cueca furada bem na frente. Foi aquela gozação, que se estendeu até a sala de aula, todos fazendo comentários sobre o furo na cueca do Duda. Lili imaginou que para os meninos a cueca teria a mesma importância que o sutiã para as meninas. Mas ficou se perguntando se os meninos pediriam a ajuda do pai para comprar cuecas...

A voz da mãe tirou-a dos pensamentos:

– Lili, veja este... ou este... ou este...

Diante da cara de quase espanto da filha, Vânia foi mais dura:

– Ei, pimentinha, acorde. Parece que você está no mundo da lua! Tudo por causa do primeiro sutiã! Também não precisa ser assim. Isso não é tudo na vida!

Lili postou-se diante dos modelinhos que a vendedora oferecia sobre o balcão da loja e se imaginou usando aquelas peças.

Certamente gostaria de usar um deles. Olhou, olhou, sentiu a mãe observando-a e quase mecanicamente escolheu um deles. Apontou-o para a mãe:

– Este...

– Lindinho! Você vai ficar um amor com ele. Vamos experimentar...

– Pode deixar, mãe, eu experimento sozinha.

– Hum, assim que se fala. Gostei de ver. Já está tomando gosto pela coisa.

Lili entrou no provador, puxou a cortina e experimentou a peça. Olhando-se assim no espelho descobriu que tinha gostado da ideia apressada da mãe de comprar-lhe sutiã. Parece que no fundo ela já havia até ensaiado esse momento, mas guardara o desejo escondido consigo. Queria mas não queria. Sabia mas não queria saber. E agora? Será que ela ainda era ela mesma? Será que a Lili continuaria a Lili de antes ou seria uma outra Lili, uma Lili de depois, talvez uma Eliane, seu nome de verdade? Ficou por uns instantes perdida em divagações, até que ouviu a mãe chamando:

– Vamos, menina, não tenho a tarde toda para isso.

Lili tirou o sutiã, vestiu sua blusa e voltou ao balcão. Parecia decidida quando disse à mãe:

– Ficou bom.

– Hum, minha menina virando mocinha... – Olhou para a vendedora com ar de imensa alegria e ordenou: – Vou levar três, um de cada cor.

Pouco depois as duas saíam da loja, Lili levando uma sacolinha, a mãe com um baita sorriso no rosto. No caminho de volta para casa, Lili ainda pensava no encontro com o pessoal da escola a que não pudera ir. Ela não gostava de faltar aos compromissos, mas dessa vez tinha sido difícil. Não conseguira convencer a mãe de sua necessidade de ir ao encontro do pessoal da escola e não quisera contar à turma o que fora fazer com a mãe. Não sabia até quando guardaria o duplo segredo, pois mais cedo ou mais tarde um dos dois lados descobriria, e aí...

Um treino sem goleiro

Júlio César, Marcelo, Duda e Rafael batiam bola na quadra da escola. Não dava para chamar aquela atividade de treino, pois o time deles estava sem goleiro. E, sem goleiro, a coisa não anda, a bola não rola com gosto, fica faltando algo. A bola ia de pé em pé, sem muita coragem, sem muita força, tão desanimada quanto os quatro garotos.

– Pô, Júlio César, você é o mais desanimado de todos. Parece que o goleiro do time é o jogador mais importante.

– Num sei se é o mais importante, mas é muito importante e, no nosso time, dá até pra arriscar dizer que é o mais importante.

– É, o Júlio César tem razão. Algum time aqui da escola tem um goleiro como o nosso? – provocou o Duda.

– Nenhum tem.

– Então é isso. A gente fica meio sem rumo quando não tem o goleiro.

Duda bateu forte na bola, meio com raiva, e mandou-a para o fundo da rede.

– E como vamos nos virar sem goleiro?

– Pera lá, Marcelo. Nem tudo está perdido. Pode ter acontecido algum problema, e por isso nosso goleiro não apareceu hoje – disse Rafa.

– Pode ser.

Os meninos pararam de castigar a bola por um momento e sentaram-se no primeiro degrau da arquibancada de cimento que rodeava a quadra.

– Não é isso, não. Deve ser outra coisa.

– Que outra coisa, Júlio César? – perguntou Duda.

– Não sei. Outra coisa, diferente do que acontece com as outras pessoas.

Duda e Marcelo riram, um risinho meio debochado.

– Que isso, cara? Coisa diferente. Gente é gente e é tudo igual, parecido.

– Não fala bobagem, Duda. Todo mundo é igual mas diferente ao mesmo tempo.

– Credo, Júlio César, que conversa mais de louco. Dá pra explicar melhor?

– Dá... se você prestar atenção e botar essa cabeçona pra funcionar!

– Cabeçona, cara? Que conversa é essa? Vai, explica logo!

– É muito simples. Cada um de nós é diferente do outro, certo?

– Certo... claro, lógico. E que tem isso de mais?

– Então... somos diferentes mas somos iguais em muitas coisas. Todos temos olhos, boca, ouvidos, cabeça, cérebro... todos nós falamos, pensamos, temos sentimentos. Certo?

– Certo.

– Então é isso. Somos iguais mas somos diferentes.

Os colegas tentaram fazer um ar de quem entendeu, mas a verdade é que a explicação não tinha sido muito clara...

– Bem... e o que tem isso a ver com o nosso goleiro?

– Muita coisa. Não dá pra perceber?

– É... mais ou menos – arriscou Marcelo.

Rafael e Duda calaram-se. Ou por não terem entendido ou por finalmente entenderem a explicação do amigo.

– E, ainda por cima, esse regulamento do campeonato. Há tanto tempo nós pedimos ao Saco de Batatas para fazer um campeonato e agora, quando ele resolve fazer, sai com um regulamento desses...

– Se não mudar o regulamento, não poderemos inscrever o nosso goleiro...

– Nem me lembre disso. Sem esse goleiraço, o melhor da escola, não vamos nem competir.

– Se bem que até podemos tentar arrumar outro goleiro, de última hora, inscrevê-lo e disputar o campeonato.

– Eu não quero! – disse Júlio César.

– Nem eu...

– Nem eu...

– Eu também não. Falei por falar – remendou Duda.

– Se é pra falar por falar, é melhor ficar quieto. O que nós temos de melhor é o goleiro.

– Isso é verdade.

– E como pega bem.

– Pega tudo.

– Não passa nada.

Júlio César abriu sua mochila e tirou de lá duas folhas de papel sulfite com o regulamento impresso. Foi lendo e repassando com os amigos cada item:

– Nome da competição... período de inscrição... data de início... uniformes... responsável pela equipe... forma de competição... número de inscritos em cada equipe... Aqui tá o nosso nó: número de meninos inscritos... número de meninos...

– Será que eles não querem dizer outra coisa?...

– Duda, deixa de ser idiota e falar sem pensar. Meninos quer dizer meninos e não outra coisa. Meninos, sexo masculino. Entendeu, cara?

– Pô, JC, não precisa ficar irritado. Só pensei...

– Pensou errado, Duda. Pensou errado. Meninos são meninos, e meninos são do sexo masculino. É um campeonato só para meninos. Em nenhum momento o regulamento fala de time misto.

– Então, fim de papo. Se não podemos inscrever um time misto no campeonato, não poderemos inscrever nosso goleiro – disse Marcelo.

– É isso, Marcelo. Não podemos inscrever no nosso time o nosso melhor jogador, o goleiro...

– Nossa goleira, não é pessoal? – disse Júlio César.

– É... sem a Lili no gol, não dá pra participar do campeonato – resmungou Marcelo.

E todos eles se calaram por um instante, pensando na Lili Pimenta, o melhor goleiro dos times da escola, uma menina como nunca havia aparecido antes, boa aluna na classe, colega querida por todo mundo e grande goleira do time deles.

– Vamos embora tentar pensar em alguma solução. É a única coisa que nos resta.

Júlio César recolheu a bola e guardou o regulamento. Os quatro companheiros do time, cujo goleiro era uma menina craque de bola, tomaram o rumo de casa. Quem passasse por eles pensaria estar diante de um time de derrotados.

Os craques do time

Lili chegou em casa ligeiramente aborrecida, contrariada. Não podia dizer que estivesse chateada com a mãe. Vânia fizera o que toda mãe talvez fizesse para a filha, tentando adivinhar seus desejos e oferecer-lhe momentos de prazer e alegria. O aborrecimento era dela, Lili, com ela, Lili. Essa coisa de, de repente, o corpo mudar de jeito, a vontade mudar de cara e gosto, os olhos buscando umas coisas e os desejos querendo outras, tudo isso a incomodava um pouco. Isso de não ligar mais para as bonecas e ter mais prazer em estar com os meninos... E ainda havia aqueles sonhos constantes, quase sempre do mesmo jeito, ela dançando de rosto colado, apertadinho, sempre com o mesmo parceiro, grudadinho, sempre... Lili desembrulhou o pequeno pacote feito com capricho na loja. Jogou as três peças de roupa sobre a cama, tirou a blusa e mirou-se no espelho. A primeira coisa que seus olhos buscaram ver foi os dois pequenos volumes que sobressaíam no tórax.

Alguns meses atrás, nada daquilo existia e, agora, ali estavam seus seios aparecendo, tomando forma e volume, ganhando ares de importância. Ela sentiu-se bem com o que viu. Passou a ponta de dois dedos sobre o bico dos seios e sentiu uma sensação boa, um prazer novinho em folha. Vestiu o sutiã de cor parecida com a da pele e tornou a olhar-se no espelho. Achou-se bonita. Gostou de vez do seu primeiro sutiã. Guardou os outros dois em uma das gavetas do guarda-roupa.

Do mesmo guarda-roupa, retirou do fundo de uma das gavetas, mais escondida do que guardada, uma agenda, seu diário supersecreto. Ali escrevia suas anotações pessoais, seus tesouros particulares, os segredos que não contava a ninguém. Abriu o livreto e foi passando as páginas cheias de anotações e de coisas coladas ou anexadas. Em uma dessas páginas estava uma fotografia, de quase um ano atrás, do seu time de futebol. Lá estavam ela, Júlio César do seu lado, Duda, Marcelo, Rafael, Pedro Paulo e Soneca. Demorou-se um pouco olhando a foto, saboreando na memória aquele momento e lembrando-se de como havia começado a história de ser goleira num time de meninos. Em classe, num trabalho escolar, ela havia discordado de algumas pessoas de seu grupo sobre uma afirmação feita pela personagem da história que liam. A personagem, um menino metido a besta, dizia que boneca era coisa de menina e que nenhum menino podia brincar com boneca. Discutiram isso no grupo, e a conclusão ficou partida ao meio: uns concordaram com a fala da personagem, outros não. Lili discordava dessa coisa de "homem faz isso e mulher faz aquilo". Discordava tanto que fez uma aposta com Páti, sua melhor amiga: jogaria – e bem – em um time só de meninos. E aí tudo começou: o futebol e outra coisa mais... Embaixo da foto do time estava a data e uma frase, escrita havia poucos dias, em que ela declarava que "Júlio César era com certeza o jogador mais legal do time". O que isso queria dizer, ela não sabia direito. Sabia que Júlio era o jogador mais legal, mas ainda não entendia o que significava ser o mais legal. Olhou o rosto risonho do menino, o cabelo enroladinho quase da cor de água de lama de enxurrada e as sardas que pipocavam em sua face, o que lhe valera o apelido dado pelo Zé Francisco, o rei dos apelidos, de Desbotado. Júlio César não gostava do apelido e nunca respondia quando o chamavam assim.

Passou mais algumas páginas e chegou à última página com anotações. Pegou a caneta e escreveu:

Hoje comprei meu primeiro sutiã. E tomei um porre da companhia de minha mãe. Mas acho que gostei. Será que vou gostar sempre? Será que esse é o sinal de que a partir de agora eu não posso mais fazer as coisas que fazia antes, com os meninos, por exemplo? Será que não posso mais jogar bola com eles? Num desses treinos aí atrás, uma bola escapou das mãos e eu senti a maior dor no peito. Que droga! A vida vai passando e a gente tem que parar de fazer o que gosta? E o time? E o campeonato? E o Júlio César? Como vai ser daqui a algum tempo?

Parou um pouco para reler e pensar sobre o que havia escrito. Nesse instante, a voz da mãe chamou-a:

– Lili!

Foi o tempo justo e apertado de Lili fechar a agenda e guardá-la na gaveta do guarda-roupa.

•

Nesse mesmo instante, Júlio César, em casa, mexia em seu material escolar, tentando arrumar ânimo para fazer as lições. Abria e fechava cadernos e livros. Olhava a agenda da escola. O que o incomodava era o regulamento do campeonato promovido pelo professor de educação física, o famoso Saco de Batatas, outro apelido dado pelo Zé Francisco. E o regulamento continuava frio, as letras e palavras impressas no papel branco negando o direito de inscrever Lili no gol do seu time. Júlio César pensava e pensava e não saía do lugar. Pensava tanto que até confundia os pensamentos e já não sabia direito por que estava tão irritado: se era por causa do regulamento ou por causa da possível ausência de Lili no time. E, quando se lembrava dela, a confusão aumentava. No início, nem era tão amiga assim, era só conhecida. Ela é que se oferecera para jogar com eles. Foi chegando, jogando, acabou ganhando a posição no gol. De repente, tinha se tornado o melhor jogador do time, a grande estrela do time, famosa na escola toda. Melhor do que ele, que era o artilheiro, o organizador do time, o dono da bola. E Júlio não conseguia entender por que aquela menina magrinha, de cabelos pretos curtos e lisos, que ria e falava pouco, mas que quando ria iluminava o gol inteiro e quando ficava brava esquentava feito pimenta brava, cativara tanto seu interesse. Tanto que ele não conseguia ver seu time sem ela. Tanto que o campeonato parecia não ter sentido nenhum se ela não pudesse jogar. Tanto que nos últimos minutos, na última hora, desde que chegara da escola, não conseguia pensar em outra coisa que não fosse no goleiro do time. Ou melhor, na goleira do time. Júlio César estava tão pensativo e envolvido em suas dúvidas, que só ouviu a mãe chamando-o quando ela ergueu a voz e quase gritou:

— Julinho, vem tomar lanche, menino!

Só então Júlio César se deu conta de que já era fim de tarde e a noite estava se aproximando. Só então ele se deu conta de que passara boa parte da tarde com a cabeça quente, preocupado e pensando exclusivamente no seu time e no goleiro do time. Nem mesmo sua coleção de livros sobre futebol, com a história de grandes clubes e craques de bola, conseguira chamar sua atenção e desviar seu pensamento.

No intervalo, as conversas esquentam o ânimo

No dia seguinte, dia de aula normal para todo mundo, cada um foi para sua classe, no horário de sempre. Júlio César e Lili eram da mesma classe, assim como Marcelo e Duda e as amigas de Lili: Páti, Aninha, Silvana e Milu. Rafael era do mesmo ano, mas de outra turma, da classe do Ivan, o inimigo número um deles.

Logo que entrou na sala, Júlio César procurou Lili com os olhos. Ela já estava lá, no lugar de sempre, sentada, acomodando sobre a carteira os materiais da primeira aula. Ele se alegrou ao ver a menina na sala, mas achou estranho que ela ficasse cabisbaixa o tempo todo, parecendo que não queria cruzar seus olhos com os dele.

– Ela está na sala – cochichou Marcelo.

– Eu vi.

– Você não vai falar com ela? – perguntou-lhe Duda, também falando baixo.

— Agora, não. Depois. O que adianta falar agora? Nem sei o que dizer — respondeu Júlio César.

— Ué, pelo menos pergunta por que ela não apareceu ontem.

— Depois... depois. No intervalo a gente fala com ela.

As três aulas antes do intervalo se arrastaram para os meninos. Só não foi pior porque a Helô, professora de matemática, era o fino do fino e levava sua aula com tanto carinho, dedicação e simpatia que pensar matematicamente parecia quase tão bom quanto tomar sorvete. Em seguida, a aula de português, do professor Toninho, conseguia fazer da gramática dos textos um pedaço gostoso da gramática da vida. Por último, antes do recreio, uma pequena derrapada nos prazeres com a Ione, professora de ciências.

Enfim, o tão esperado sinal anunciou o intervalo para todas as classes. Uma pequena multidão de crianças e jovens foi se apoderando de todos os espaços livres da escola. Aos poucos, os vários cheiros de comida e bebida foram se misturando com as vozes dos alunos, formando uma algazarra de sabores e sons. Lili juntou-se a suas amigas, formaram uma rodinha e ficaram conversando. Um pouco distante delas, a apenas alguns metros, os meninos do time cercavam Lili com os olhos, sem perdê-la de vista, procurando o jeito e o momento certos de se aproximarem para falar com ela.

Lili desviou os olhos dos meninos tanto quanto pôde. Ela estava mesmo sem graça, preocupada com suas dúvidas e querendo escapar de um confronto com eles naquele dia. Mas não teve jeito. Quando ficou sozinha com Silvana, Júlio César deu a voz de comando:

— Vamos lá, pessoal.

Cercaram-na e começaram a puxar conversa.

Lili, meio ressabiada, atropelou-se entre mordidas no lanche que ainda mastigava e respostas que tentava dar aos meninos.

— Pô, Lili, nós esperamos você para o treino de ontem.

— Não deu pra treinar.

— Você não apareceu por quê?

Lili engoliu aquele bocado do sanduíche, acalmou o estômago e o coração, ambos acelerados, e disse secamente a primeira coisa que lhe veio à mente:

– Eu fui com minha mãe ao ginecologista.

Marcelo e Duda entreolharam-se, surpresos, e perguntaram ao mesmo tempo:

– Foi aonde?

– Ao ginecologista, médico de mulher!

– Ah! – Os dois tornaram a se olhar e fizeram cara de espanto, como se nunca tivessem pensado na possibilidade de Lili ser uma mulher.

Júlio César procurou ser mais diplomático:

– Bem... nós sentimos sua falta. Sem você para pegar no gol, não dá pra treinar, fica meio esquisito.

– Não deu, JC.

Lili respirou um pouco mais aliviada, afinal as coisas não podiam dar errado naquele seu primeiro dia de sutiã na escola. Pôs na boca o último pedaço do lanche e preparou-se para continuar a conversa.

– Bem... é que vem o campeonato por aí, e eu... o resto do time... queremos saber se você quer participar – disse Júlio César.

– Querer eu quero, mas...

– Mas... o quê?

– Não sei se minha mãe vai deixar.

– O que sua mãe tem com isso, Lili?

Lili quase respondeu "muita coisa", mas os meninos certamente não entenderiam sua resposta, nem o comportamento de sua mãe, nem suas coisas de mulher. Então respondeu:

– Querer eu quero, mesmo, de verdade. Mas tenho que conversar com minha mãe. Aí eu respondo pra vocês.

Júlio César, esquecido do problema do regulamento, que não previa time misto, pediu pressa na resposta:

– Tudo bem, mas a gente espera a resposta pra logo.

Antes que ela pudesse dizer alguma coisa, as outras meninas voltaram ao grupo e distraíram sua atenção com outros assuntos. Foi o tempo de Duda puxar a camiseta de Júlio César e dizer-lhe ao pé do ouvido:

– Você esqueceu que ela é menina e o regulamento não permite a inscrição de meninas?

– Não esqueci, não. Uma coisa de cada vez. Se ela topar, o regulamento fica para depois.

E foi nesse instante, quase no fim do intervalo, quando o barulho das vozes era maior que o cheiro das comidas e bebidas, que Ivan se aproximou do grupo batendo palmas e gritando:

– "Timinho de mulher, vai jogar de sutiã!"

Santo sinal. Sinal salvador. Pois não é que naquele mesmíssimo instante tocou o sinal, decretando o fim do intervalo e tirando todos da brincadeira de mau gosto? Os meninos tomando o rumo do banheiro, e as meninas fazendo cara feia. Todas, inclusive – e principalmente – a Lili, pois não tinha a menor ideia de como o terrível Ivan tinha adivinhado que ela estava usando sutiã.

Apesar da zoeira da volta de todos à classe, para as últimas aulas, o barulho e a confusão foram um alívio para eles. Pelo menos até chegarem à sala de aula e descobrirem no cantinho da lousa a frase escrita às pressas: "Timinho de mulher, vai jogar de sutiã!".

Em casa, as coisas não são bem assim

Lili chegou em casa, depois de mais um dia de aula, cumprimentou Maizé, perguntou se havia recado da mãe para ela, perguntou pela comida e perguntou mais duas ou três coisas. Era quase sempre assim, depois da escola: casa, comida, recados, telefonemas, agenda e esperar pela mãe. Maizé, empregada doméstica que virara membro da família, pois morava com elas havia muito tempo, desde quando Lili era uma "pimentinha" bem pequena, respondeu tudo aos poucos, pausadamente, sem se esquecer de nada. O resto do dia passou sem muitas novidades até o final da tarde, quando Vânia chegou. A única novidade, se é que se podia chamar aquilo de novidade, foi um pequeno pedaço de papel que Lili encontrou no meio de seu caderno de português, com o desenho malfeito de um goleiro no meio do gol. O goleiro usava sutiã e estava com os braços abertos. Abaixo do desenho, em letras grandes, uma inscrição: "TAFARELA".

Vânia voltava para casa quase sempre muito cansada, depois de um dia de trabalho puxado. Mas, mesmo assim, tinha tempo e vontade de conversar com a filha. Assim que chegou, as duas se beijaram e conversaram um pouco sobre o dia de cada uma delas. Lá pelas tantas da conversa, Lili perguntou:

– Mãe, você sabe o que quer dizer a palavra TAFARELA?

– Tafarela? Tafarela... De onde você tirou isso?

– De um desenho. Um goleiro e a palavra embaixo do desenho.

– Ah! Só pode ser o nome do goleiro Tafarel. Aquele que o narrador da televisão gritava "Vai que é sua, Tafarel!".

Lili deu um sorrisinho e disse:

– Então é isso!

– Isso, o quê?

– Tafarela é o feminino de Tafarel... Então aqueles malucos estão mexendo comigo...

– Não entendi. Quem está mexendo com você? Por quê?

Lili contou tudo à mãe. Desde quando começou a jogar até a brincadeira no intervalo, a frase na lousa e o desenho. Só não contou sobre aquele interesse meio diferente por Júlio César.

Vânia foi ouvindo pedacinho por pedacinho cada frase da filha. E Lili, entusiasmada, disse tudo, sem perceber que a mãe não estava gostando do que ouvia.

– Lili, você quer dizer que está jogando bola no meio de moleques?!

O tom da pergunta foi tão duro que Lili percebeu que alguma coisa não estava certa e, por alguma razão, sua mãe não tinha gostado da história.

– Eles são meus amigos, mãe, não são moleques...

– Amigos, meninos, moleques... é tudo a mesma coisa, Lili. Que história maluca é essa de jogar bola no meio dos moleques... dos amigos, sei lá...?

– Ué, mãe... é como eu te contei, a gente tem um time...

Vânia realmente não tinha gostado da história e estava visivelmente irritada:

– Lili, minha filha, olhe para mim. Eu me mato o dia inteiro no trabalho para te dar uma vida boa, melhor do que a que eu tive, e você vai para a escola e fica jogando bola com os meninos?

– É só de vez em quando...

– Lili, nem de vez em quando, filha. Isso é coisa de menino, de moleque, não é coisa de menina...

– Mas não tem nada demais, mãe...

– Claro que tem! Tem muita coisa demais nessa história, minha filha. Primeiro: você é uma menina, e jogar bola é coisa de menino. Segundo: você é mulher, e mulher é mulher e homem é homem. Terceiro: você é menina, e menina é diferente de menino. Você tem coisas que eles não têm... Por acaso menino vai ao ginecologista? Menino usa batom? Menino brinca com boneca?

E foi por aí. Lili ouviu os argumentos da mãe até o sétimo ou oitavo... A conversa só terminou depois que Lili prometeu à mãe que pararia de jogar. Entre outras anotações, o fim da conversa ficou registrado no diário, a seu modo:

Contei algumas coisas para minha mãe e ela brigou comigo. Daquele jeito. Brigou de palavras. Me fez prometer que eu não vou mais jogar. Prometer eu prometi, mas só com a cabeça, fazendo que sim. Não abri a boca para falar palavras, pois ainda tenho dúvidas. Como posso parar assim de repente? E os meninos? E o Júlio César? Ai que chato, que duro que é fazer as coisas só do jeito que os adultos querem... Se tiver que parar de jogar... isso nem pensar... aí eu vou ficar menos tempo com o Júlio César...

Outra coisa: o idiota do Bolé fica olhando para mim e passando a língua nos lábios, fazendo umas micagens como se estivesse saboreando alguma coisa gostosa. Chamei ele de babão, mas não adiantou. Credo, nem posso olhar para o lado e já vejo a cara daquele bobão babão lingudo.

Lili recolocou o diário na gaveta do guarda-roupa. No mesmo guarda-roupa onde um dia, havia pouco tempo, amontoara todas as suas bonecas, pois tinha perdido o jeito de brincar com elas.

Com um aperto no coração, viu o monte de panos, plástico e náilon das bonecas. Tinha outros interesses agora, mas ainda gostava delas, companheiras de tantos anos. Essa coisa de jogar com os meninos, por exemplo. A toda hora isso ocupava o seu pensamento e junto com isso o rosto de Júlio César. Era meio esquisito tudo aquilo, boneca, bola, time, Júlio César... Antes de fechar o guarda-roupa, vestiu uma camisola, pois logo iria dormir. Enquanto se trocava, olhou-se no espelho e viu seu corpo tomando outras formas, os peitos aparecendo, exibidos, e a cintura afinando delicadamente. As curvas da cintura lembraram-lhe uma bola... uma bola lembrou-lhe Júlio César, o time, o campeonato. Lembrou que precisava pensar e dar uma resposta a eles. "Vou dormir e durante o sono penso na resposta. Depois, se não tiver coragem de falar, mando um bilhete."

•

Júlio César contou à mãe o que estava pensando e sentindo. O time, o campeonato, a escola, os amigos, a goleira do time. Ela era professora de escola pública e entendia bem essas coisas de alunos – apesar de sempre ter deixado bem claro que preferia as crianças menores. Os maiores, dizia ela, davam muito trabalho, principalmente quando começavam com essas coisas de namorinho para cá, namorinho para lá. Mas gostava de conversar com o filho sobre sua vida escolar. Às vezes ajudava, às vezes não conseguia. Vez ou outra pedia ajuda ao marido, mas quase nunca tinha resultado. Com seu jeitão de homem duro, dureza adquirida no trabalho diário em sua lanchonete, o pai de Júlio César pouco contribuía nas conversas mais sérias com o filho.

– Se a menina quiser continuar no gol, sua única saída é procurar a diretora da escola e pedir para ela abrir uma exceção.

– Será que ela vai permitir, mãe?

– Não sei, Julinho. Mas, se você não tentar, como vai saber?

– É verdade.

– Depois, tem mais: atualmente as mulheres têm lutado e conseguido igualdade em quase tudo com os homens.

– É...

– E você sabe que existem muitos campeonatos de futebol feminino. Não é impossível haver um campeonato misto.

A conversa entre eles parou por aí. Júlio César arrastou seus pensamentos por mais um dia. À noite, quando o pai chegou, o menino puxou prosa com ele, querendo saber sua opinião. Contou meio rapidamente ao pai a situação e a do time.

– O que você acha, pai?

Em vez de responder apenas com palavras, o pai deu primeiro um risinho malicioso e falou:

– Quer saber mesmo o que eu acho, Julinho?

– Claro, né, pai. Se eu perguntei...

– Digo uma coisa, meu filho. Se a tua irmã resolvesse aprontar uma dessas para mim, isso de querer jogar bola em time de moleque, ia levar uma bronca daquelas e ficar de castigo um bom tempo.

– Pô, pai...

– Nem vem que não tem. Mulher não deve jogar bola. Isso é coisa de homem, de macho...

Ele nem teve tempo de acabar a frase: foi bruscamente interrompido pela mulher:

– Bela resposta você dá a seu filho!

– Ué, ele perguntou, Marieta. Eu só respondi o que penso.

– E pensa muito errado. Cheio de preconceito. Daqui a pouco vai querer me dizer que eu devo parar de trabalhar porque em casa de macho só o homem trabalha e o lugar da mulher é na cozinha, no fogão e no tanque.

– Eu não quis dizer isso...

– Mas disse! Coisa de homem machista! Ultrapassado! Pensamento do século passado!

– É, mas eu...

– E logo você, que sente na pele, na cor da pele, o preconceito. Logo você vem dar um mau exemplo de preconceito para o seu filho.

Júlio César percebeu que sua pergunta causara uma discussão entre o pai e a mãe. Ficou chateado também porque sabia como o pai sofria por causa dos apelidos que recebia em razão da cor escura de sua pele. Ele também sentia o preconceito na pele, no cabelo de cor diferente, nas sardas do rosto. No entanto, a mãe tinha mesmo razão. "Se o pai sofre preconceito e não gosta disso, deveria ter, mais que todos, cuidado para não ser preconceituoso", pensou. Mas naquele instante o que ele mais queria era que a discussão dos dois não virasse uma briga por sua causa.

– Ah, gente! Se eu soubesse que ia dar nisso não teria perguntado...

Júlio César levantou-se do sofá onde estava sentado, perto do pai, e foi saindo, na direção do quarto. Ao passar pela salinha de TV, ouviu a voz do locutor do telejornal, que dizia: "Segundo resultados do último censo, é cada vez maior o número de mulheres que são chefes de família".

•

Mais tarde, já aconchegado na cama, entre lençóis, fronhas, travesseiros e cobertores, Júlio César pensou: "Se as mulheres são chefes de família, então por que uma delas não pode jogar no gol do meu time?". Além disso, Lili não era uma menina qualquer. Ela era uma menina especial. Certa vez Júlio César dissera isso para o resto do time, mas nenhum deles entendeu. Ainda por cima ficaram fazendo gozação, insinuando que ele tinha outro interesse pela menina. "Será?", duvidou. E assim pensando nela, na bola, no gol, no time, nela outra vez, dormiu mais do que nunca decidido a seguir o conselho da mãe e falar com a diretora da escola.

Dormiu e sonhou com a modelo super *top* da foto provocante publicada na revista que o pai comprara. O corpo bonito e provocante, no sonho, era da modelo, mas o rosto era de Lili. Bonita e gostosa. Sonhou e acordou com o pijama gosmento e úmido.

Nem sempre as coisas acontecem como foram planejadas

Júlio César chegou à escola decidido. Falaria com a diretora de qualquer jeito. Comunicou sua decisão aos amigos, já no portão de entrada. Os quatro foram entrando e conversando, e ele afirmando, apesar do pouco entusiasmo dos amigos, que procuraria a diretora:

– Não vai me custar nada. O máximo...

– ... o máximo é a gente ficar com cara de tonto. O Ivan já está aprontando com a gente. Daqui a pouco a escola inteira vai estar rindo da nossa cara – disse Marcelo.

Júlio César estranhou a conversa do companheiro de time.

– Que isso, cara? Uma brincadeirinha daquele idiota e você fica arrepiado de medo.

— Não é isso. É que...

— É. O Marcelo tem razão, JC — disse Duda, entrando na conversa. — Esses caras, esses amigos do Ivan podem ser mesmo idiotas, mas eles vão atormentar a gente...

— Por quê? Porque temos o melhor goleiro da escola, que por acaso, só por acaso, é uma menina? — contrapôs Júlio César.

— Ela não é menina por acaso... — brincou Rafael.

— Você entendeu bem o que eu quis dizer, Rafa. O Ivan que se dane. Ele e seus amigos.

Conversando eles chegaram à sala de aula. Entraram e tomaram seus assentos, como sempre, em meio à zorra de conversa alta, risos, mochilas e carteiras se acomodando. Júlio César esperava a hora do intervalo para procurar a diretora. Mas, na troca de professores entre a primeira e segunda aula, alguém falou da prova que haveria na terceira aula, antes do recreio. Só então Júlio César se lembrou da prova de ciências, matéria da professora Ione. Com a história do time, do campeonato, do regulamento, ele se esquecera de estudar. O jeito era encarar como desse.

Na hora da prova, a professora Ione, a "fera", como era conhecida, entrou pisando firme na sala, sem piscar nem mexer um único músculo do rosto. Mais do que prova, parecia que ela estava querendo o julgamento final. Os alunos foram se acomodando ao clima imposto pela professora e esperando a folha da prova. Como sempre, ela tinha feito dois ou três modelos diferentes de prova, de tal forma que ninguém conseguia ajudar ninguém. Era guerra.

Júlio César começou a ler a sua folha. Eram cinco questões. Leu todas uma vez, duas, três... Já imaginava a cena: ele recebendo a folha de volta com uma nota baixíssima e o comentário impertinente da professora, algo como "Precisa estudar, senhor Júlio, senão...". Estava assim entretido, pensando no futuro, quando a mão do colega de trás cutucou-o no ombro. Júlio César virou-se disfarçadamente e recebeu do colega um pedaço de papel dobrado. No instante seguinte, quando ele abria o papel para ler, a voz cavernosa da "fera" retumbou na classe:

— Muito bem, senhor Júlio César. Não estuda e depois quer ser mais esperto do que os outros.

Júlio César não entendeu bem o que a professora quis dizer. Mas percebeu que a causa era o papel dobrado que o colega lhe passara sem que ele pedisse. Quis argumentar e defender-se quando viu que ela vinha em sua direção.

– Não é o que a senhora está pensando, professora.

– Você nem sabe o que eu estou pensando, seu menino atrevido! E eu não estou pensando nada! Estou vendo você recebendo cola!

– Cola, eu!? Quem disse essa bobagem?

– Atrevido em dobro! Além de se comportar desonestamente, ainda diz que eu falei bobagem!

Júlio César percebeu que se enredara mais ainda na teia da professora. Era inocente, nada sabia do pedaço de papel que o incriminava. E a professora estava uma verdadeira fera com ele:

– Nós vamos resolver isso lá com a diretora. O senhor se levante, entregue-me a prova e saia da sala.

– Mas... eu não fiz nada, professora.

– Nós vamos discutir isso com a diretora. E me dê, por favor, esse papel dobrado que o senhor tem preso na mão.

Júlio César estava tão nervoso e irritado que sem perceber tinha amassado o papel com a mão direita. Entregou o papel e a folha de prova à professora e saiu da sala, sob o olhar dos colegas. A professora chamou o inspetor de alunos que ficava de plantão no fim do corredor. Quando ele chegou, deu-lhe as instruções:

– Leve esse menino para a Zizi. Diga-lhe que ele estava colando na prova. Eu já vou falar com ela.

O inspetor fez um gesto com a cabeça para Júlio César, ao mesmo tempo ordenando que o seguisse e indicando qual deveria ser o caminho. Júlio César não discutiu, não reclamou, não disse nada. Seguiu o inspetor. Tentaria se explicar para a diretora da escola. "Se é diretora", pensou, "deve entender dessas coisas."

•

Zizi tinha sido professora por muitos anos e, quase no fim da carreira, resolvera aceitar o desafio de ser diretora. Sabia, por experiência própria, que uma escola é um livro aberto repleto de histórias. Algumas bonitas, outras tristes, outras de arrepiar, outras ainda de chatear e por fim aquelas de deixar todo mundo de boca aberta, sem saber o que fazer. Ela era muito querida na escola por quase todo mundo, principalmente por seu jeito calmo de pensar antes de tomar decisões e por sempre querer buscar soluções para os problemas. E, sempre que possível, soluções que agradassem à maioria. Mas nem por isso deixava de tomar decisões firmes, de dar broncas e repreender, quando preciso fosse, e de tomar as providências necessárias. Procurava fazer as coisas com carinho, atenção e respeitando todo mundo. Por isso era uma pessoa feliz com seu trabalho. E por isso Júlio César foi com muita tranquilidade conversar com ela.

— Dona Zizi, a professora de ciências mandou esse menino aqui para conversar com a senhora.

— E por quê? O que ele fez?

— Estava colando na prova... aqui está a cola que ele usou.

Zizi recebeu o papel do inspetor de alunos e disse a Júlio César que entrasse na sala. Ela sentou-se na cadeira diante de sua mesa e ele ficou de pé. A diretora abriu o papel dobrado e amassado e leu. Júlio César teve quase certeza de que ela escondeu um sorriso após ler o que estava escrito. Mas, quando falou com ele, o rosto estava sério:

— Então, Júlio César, o que aconteceu? Você não estudou?

— Estudei pouco... Mas não foi isso que aconteceu.

— O que foi?

— Eu estava lendo a prova, tentando ver o que daria para responder... Então o Pedro Henrique, o menino que senta atrás de mim, me passou esse papel...

Zizi quase deixou escapar aquele sorriso, mas retomou a seriedade e continuou ouvindo:

— Passou sem você pedir?

— Sim, senhora... eu não pedi nada. A prova estava difícil e sabia que não conseguiria responder muita coisa, mas juro que não pedi nada pra ninguém...

— E por que você não disse à professora o que estava escrito no papel? Assim teria resolvido tudo lá mesmo.

– Ué... eu não li o que estava escrito no papel... nem deu tempo.

– Bem...

Aí a diretora deixou escapar um sorriso pequeno, contido, mas bonito. Ela tornou a passar os olhos pelo papel dobrado e amassado. Uma colega de classe havia escrito um bilhete para Júlio César e depois enfeitado todo o contorno do papel com bolas e corações alternados.

JC,

Pensei e pensei bem sobre o nosso time e resolvi que tenho vontade de pegar no gol. Só que a minha mãe não quer nem ouvir falar disso. E ainda tem essa regra do campeonato que não deixa menina jogar no time dos meninos. Vontade eu tenho, mas não sei se vai dar certo.

Lili

– Tudo bem, Júlio. Espere lá fora um pouco, até a professora chegar. Depois nós conversamos.

Júlio César saiu da sala da diretora sentindo certo conforto, sabendo que, se alguma coisa estivesse errada, não era com ele. E mais: de um jeito ou de outro falaria com a diretora da escola sobre o campeonato e sobre a possibilidade de uma menina jogar no gol do time de meninos.

Confusão na sala da diretora

Instantes depois, a professora Ione chegou pisando duro. Nem olhou para Júlio César, de pé e encostado à parede, perto da porta da sala da diretoria. Ela entrou e fechou a porta. Do lado de fora, ouvia-se apenas a voz dela, reclamando ou resmungando com a diretora. Não dava para ouvir com perfeição, mas alguns trechos de frases chegavam aos ouvidos atentos do menino:

– ... esses meninos nunca estudam... eles estão sempre... enganar a gente... você é boa... acredita neles...

A voz de Zizi não era ouvida. Ou ela não falava ou falava em um tom de voz normal, como era seu jeito mais comum, e com a porta fechada não se ouvia.

Tão rápido quanto chegou, a "fera" saiu da diretoria. Pisando duro do mesmo jeito. Nem olhou para Júlio César. Devia estar com tanta raiva que seria capaz de metralhar o menino com os olhos. Ele também não olhou para ela. Não podia arriscar. Esperou ela sumir atrás da porta de vidro, rumo ao corredor das salas de aula, antes de meter a cara na porta da sala da diretora para tentar puxar o assunto do regulamento do campeonato. Fez isso e, assim que a diretora o viu, chamou-o de volta à sala.

– Já conversei com a professora, Júlio César.

– Ela entendeu que eu não estava colando?

– Entendeu.

Pelo desânimo da resposta da diretora, Júlio César até desconfiou se realmente a professora teria entendido e aceitado a versão deles. Mas isso não tinha muita importância naquele momento. A conversa que ele queria puxar com a diretora era outra.

– Diretora... eu queria falar uma coisa pra senhora.

– Esqueça isso, Júlio César. Eu já falei com ela, e o caso está encerrado.

– Eu entendi. Mas não é sobre isso, não.

– E sobre o que é, então?

– Bem... é um assunto delicado.

Naquele instante, a experiência de Zizi falou mais alto e ela captou no ar – ou no bilhete de Lili – o assunto sobre o qual ele queria falar.

– Por acaso é sobre o campeonato?

– É... ué, como é que a senhora sabe?

– Sabendo. Diretor de escola tem que ser um pouco mágico e adivinhar as coisas, você não acha? – ela brincou e riu seu sorriso bonito.

– Acho, sim. Acho mesmo que a senhora, além de mágica, tem que ter o poder de resolver tudo na escola...

– É mais ou menos isso. Mas diga lá: o que você quer me falar?

– Bem... a senhora sabe que vai ter um campeonato aqui na escola, não sabe?

– Claro que sei.

— Então... a gente tem um time, eu e uns meninos da minha classe e da outra classe...

— E vocês vão participar do campeonato?

— A gente quer, mas...

— Mas?

— Tem um probleminha...

— A inscrição da Lili, não é?

Júlio César arregalou os olhos:

— Quem contou pra senhora?

— Ninguém... eu li no bilhete.

— Que bilhete?

— O que a professora Ione achou que fosse cola. Esse bilhete que foi mandado para você num momento errado.

Zizi devolveu o bilhete de Lili a Júlio César. Ele pegou-o e leu a mensagem enviada pela menina, o coração saltando de alegria.

— A senhora sabia por isso? Então a senhora já sabe qual é o probleminha do nosso time.

— Sei.

— E a senhora pode resolver?

— Não sei, não. Preciso ver como está o regulamento e depois falo com o professor João Paulo.

Júlio César lembrou-se da figura desengonçada do Saco de Batatas, o professor de educação física. Não ia com a cara dele. Se a decisão fosse do professor...

Naquele instante, João Paulo e Helô, a professora de matemática, passavam pelo corredor, diante da sala da diretoria. Zizi chamou-os:

— João Paulo, Helô, entrem um pouco. Quero trocar uma ideia com vocês.

Os professores entraram na sala. Helô fez um agrado em Júlio César. O Saco de Batatas fez que não viu o menino.

— Bom dia.

— Bom dia...

— Tenho um probleminha para resolver e peço a opinião de vocês. Prestem atenção, pensem e me digam o que acham.

— Pois não, Zizi. Pode falar.

– Vamos ter um campeonato aqui na escola. Pelo que eu entendi da organização feita pelo João Paulo, o campeonato é só para os meninos...

– É isso mesmo, dona Zizi. – E o professor apressou-se em explicar: – Futebol é esporte para homens.

– Bem... se um dos times quisesse inscrever uma menina para jogar no time deles, o que vocês pensariam?

Justo no momento da resposta, Zizi pediu que Júlio César voltasse para sua classe, prometendo-lhe resposta ao seu problema. Ele saiu da sala, mas ficou por perto, fingindo amarrar o cordão do tênis, perto a ponto de ouvir a resposta dos professores.

Lá dentro, Helô foi a primeira a responder. Sem demora e com certo prazer ela disse:

– Eu acho o maior barato, Zizi. Se alguma menina quiser participar e se ela for boa de bola, o que pode impedi-la de jogar?

O Saco de Batatas resmungou umas palavras sem sentido, estufou o peito, embolou a traqueia, arregalou os olhos esbugalhados, respirou fundo, fungou umas duas ou três vezes e soltou o verbo:

– Bem... eu... num tem jeito... isso não dá... o campeonato é coisa de homem... assim não dá... mulher é mulher, e homem é homem... cada um na sua... tô fora.

– Calma, professor...

– Chiii, João Paulo, que coisa mais antiga, essa – disse Helô. – "Isso é coisa de homem, aquilo é de mulher." Credo! Daqui a pouco vai dizer que mulher não pode dirigir carro, não pode ser chefe de família, não pode ser diretora de escola...

– Não... eu num falei isso não... só falei que é jogo pra homem.

– Homem... Os meninos ainda vão demorar muito para crescer e ficar adultos. Deixe eles decidirem. Se alguma menina quiser jogar, por que não?

– Porque não! Se você quiser um campeonato misturado, então você que organize, Heloísa!

– Se você tivesse pedido minha ajuda e minha opinião, poderíamos ter feito um campeonato misto, oras bolas! Afinal, João

Paulo, você não trabalha sozinho aqui, e esta não é uma escola só de homens...

– Então você que organize!

Assim transtornado com a pergunta da diretora e o bate-boca com a professora de matemática, ele saiu da sala, resmungando e sacolejando as batatas do corpo. Passou perto de Júlio César sem notar a presença do menino e praguejando:

– Se elas querem um campeonato de menininhas, elas que organizem. O meu será de macho. E ponto-final.

Zizi e Helô ficaram surpresas com a atitude do professor. Não esperavam aquela reação. Helô levou mais para a brincadeira:

– Ele deve ter ficado com medo de que alguma menina jogasse melhor que os seus meninos...

– Não pode ser isso, Helô. É coisa pior. Eu até pensei que resolveria esse problema facilmente, mas me enganei. É mais complicado, e acho que vai me dar mais trabalho do que imaginei.

– Por que você quis saber nossa opinião, Zizi?

A diretora explicou, contando o caso do bilhete e do pedido do Júlio César.

– Você tem razão, Zizi. Acho que não deve deixar isso passar em branco. Afinal, se tem uma menina querendo jogar no time dos meninos, por que não deixá-la jogar? Só porque um machista não quer? Oras bolas, ele que vá trabalhar em escola só de macho e ponto-final!

– Não precisa se irritar tanto você também, Helô. Vamos resolver isso com jeito.

– Tomara que o seu jeito dê conta disso, Zizi.

– Vamos conversar, ouvir outras opiniões e resolver.

Ânimos quentes

A mãe de Lili apareceu na escola da filha sem avisar. Não disse nada a ela, não telefonou marcando hora com a diretora, não pediu reunião com professor algum. Simplesmente apareceu. O que soubera na noite anterior a deixara preocupada e, por que não?, um pouco irritada com o rumo que as coisas estavam tomando. E o melhor jeito, como dizia sua falecida mãe, era "pegar o pau e matar a cobra antes que o bicho desse o bote". Assim, lá estava ela entrando no prédio, aproximando-se da sala da direção e quase sendo atropelada pelo professor de educação física, que passou por ela feito um rojão arrastando pelo braço dois alunos. Mas antes de saber o que, dessa vez, levou o professor à sala da direção, voltemos um pouco no tempo para descobrir o que aconteceu na casa de Vânia e Lili na noite anterior e que era a razão pela qual a mãe da garota amanhecera na escola.

Estamos na noite anterior ao dia em que Vânia foi à escola de Lili. O telefone toca e Vânia atende. Ninguém fala nada. O telefone toca novamente, Vânia atende e ele continua mudo. Uma, duas, três... cinco vezes, até que ela explode, irritada, e solta o verbo.

— Olha aqui, ô desocupado, se você não tem o que fazer, vá pentear macaco e me deixe em paz que eu tenho muito o que fazer.

Ela ia bater o telefone quando, do outro lado da linha, uma voz feminina, aparentemente de criança, deu um risinho e começou a falar:

— Por que, em vez de ficar nervosinha, você não cuida melhor de sua filhinha na escola?... Você sabe o que ela anda fazendo com os meninos da classe?

— O quê?...

Mal Vânia teve tempo de assimilar o que ouviu e desligaram do outro lado.

Por uns instantes ela ficou pensando no que haviam dito. Vânia nunca dera bola para essa coisa de telefonema anônimo, mas pressentiu alguma coisa diferente. O fato de ser voz de criança do outro lado da linha sugeria que pudesse ser alguma amiga de Lili. Ou alguém mandado por uma pessoa da escola. O que poderia estar acontecendo com Lili na escola, além do que a filha já lhe contara?

O telefone tocou de novo. Ela atendeu imediatamente:

— Alô...

Breve silêncio.

— Alô...

Do outro lado, o mesmo risinho:

— A senhora sabe?... Andam dizendo que sua filhinha troca de roupa junto com os meninos...

— Quem é você?

Silêncio. Um risinho e o clique.

Depois mais uma ligação e mais outra. Sempre o mesmo risinho, a mesma voz quase infantil e declarações pouco elogiosas ao comportamento de Lili. Vânia ouviu tudo e foi anotando mentalmente. Já tinha decidido que iria à escola na manhã seguinte passar a limpo as insinuações. Fosse verdade ou não, tinha um cheiro de coisa não resolvida no ar. E o cheiro rondava sua filha Lili.

Enquanto a sequência de telefonemas acontecia, Lili, longe de saber o que diziam dela, fazia anotações no diário. Uma das anotações era sobre um episódio ocorrido na aula do professor Toninho:

Hoje, na aula de português, o Gilvan lia um texto do livro didático, uma história de um menino que ia fazer a barba pela primeira vez, raspar as penugens, e o Marcelo B., amigo do Iran, fez uma brincadeira comigo, dizendo que de tanto jogar com os meninos logo, logo eu também teria que fazer barba. Quando eu ia tirar satisfação, o Júlio César, louco da vida, xingou o Marcelo B. Se não fosse o professor Toninho, os dois teriam se agarrado na sala de aula. Foi um tiuiuiuiu danado. Com muito custo o professor acalmou o Júlio César. Eu fiquei chateada com essa maldade do Marcelo, mas feliz porque o Júlio César tentou me defender. Depois disso o professor deu uma aula pra todo mundo sobre essa coisa de menino ser menino e menina ser menina e disse que menino e menina podem fazer muitas coisas em comum. Deu uma lavada nos machões da minha classe. E no meio dessa confusão o Bolé, linguão babão bobão, ficava me olhando e passando a língua nos lábios, fazendo umas caretas daquele jeito melequento dele. Ninguém viu, mas eu ergui o dedo médio e mandei ele... lamber quiabo. Pelo menos, pra compensar essa coisarada, eu sonhei esta noite de novo que estava dançando grudadinho com o mesmo parceiro...

Depois dessas anotações, Lili escreveu do lado, dentro de um coração minúsculo, com letras apertadinhas, "Adorei sua atitude, Júlio César". Antes de dormir ainda conversou um pouco com a mãe, mas não desconfiou que ela estivesse preocupada com alguma coisa e nem de longe poderia imaginar que ela iria à escola na manhã seguinte.

•

Pois bem... quando Vânia se aproximava da sala da diretora, passou por ela, feito um rojão, o professor João Paulo arrastando dois meninos pelo braço. Passou-lhe na frente, deselegantemente, e entrou na sala da diretora, interrompendo-a, e sem pedir licença foi dizendo:

— Aí, dona Zizi. Já está começando a engrossar...

Zizi interrompeu o que estava fazendo e educadamente disse:

— Pois não, João Paulo.

O professor ficou sem graça e desculpou-se:

— Ah... desculpe, dona Zizi, mas... ó, essa molecada anda demais.

— O que foi desta vez, professor?

— Eles se pegaram no meio da minha aula. Enquanto eu passava instruções pro outro grupo, os dois começaram a trocar socos e pontapés...

— Que coisa feia, meninos! Não dá pra conversar? Precisam resolver tudo da forma mais grosseira? O que foi?

— Esse idiota do Ivan...

— O Ivan, seu colega de classe — corrigiu a diretora. — O que foi que ele fez?

Ivan, apesar do rosto vermelho e da camiseta rasgada, parecia segurar um riso.

— Ele grudou isso aqui na minha camiseta... — explicou Rafael.

Rafael entregou à diretora um pedaço de papel umedecido com cola.

Zizi pegou o papel e leu as palavras que haviam sido escritas com caneta hidrocor vermelha: "timinho de mulher". Imediatamente entendeu do que se tratava. E fechou a cara:

— Você pode explicar isso, Ivan?

O rosto vermelho de Ivan escondeu o risinho e ficou mais vermelho ainda. Sentiu que a diretora não gostara da brincadeira:

— Não fui eu...

— Foi você sim. Agora não tem coragem de dizer.

— Fique quieto, Rafael. Estou conversando com ele.

Do lado de fora da sala, a mãe de Lili aguardava para falar com a diretora e ouviu a discussão.

— Você pode explicar isso, Ivan?

— É que... ah... todo mundo fica falando, dona Zizi.

— Falando o quê?

— Fica falando que o time deles precisa de uma mulher pra jogar senão eles não jogam... se a Lili não pegar no gol, eles não jogam...

Quando ouviu o nome da filha, Vânia não pensou duas vezes e entrou na sala:

— Com licença, dona Zizi. Eu ouvi o nome da Lili, minha filha, e quero saber direito essa história.

Naquele momento Zizi percebeu o tamanho do enrosco que havia na história do campeonato e do time dos meninos com uma goleira.

— Eu acho um absurdo que você deixe isso acontecer, Zizi.

— Calma, por favor. Nada demais aconteceu.

— Minha filha está sendo ridicularizada — disse Vânia, nervosa e irritada, mas procurando se controlar.

— Sua filha não está sendo ridicularizada, posso lhe garantir — agora era a professora Helô que entrava na discussão. Ela tinha vindo falar com a diretora e, quando percebeu o que estava acontecendo, resolveu entrar na conversa.

— É isso que dá nisso... — o professor João Paulo quis entrar na discussão, mas se enrolou.

— Quando minha filha vem para a escola, eu confio em vocês! — disse Vânia.

— E pode confiar. Nós não estamos brincando. Estamos ensinando os nossos alunos — disse Helô.

— Ensinando o quê, professora? Menina jogar bola no meio de menino! — Vânia perdera um pouco o controle.

— Também isso — explicou a professora. — Eles podem aprender e praticar esporte juntos...

— Menino e menina, professora? Trocando de roupa juntos?

— Aí... num falei?... Tá dando isso. Num tá certo. Eu já tinha avisado — resmungou o professor João Paulo.

— Calma, pessoal. Por favor, acalmem-se! — Zizi quis controlar a situação antes que o bate-boca virasse uma briga entre adultos. E deu uma ordem para o professor:

— Professor, leve os meninos de volta à aula. Depois eu converso com eles.

João Paulo saiu, meio a contragosto, empurrando ligeiramente os meninos para fora. Ivan saiu com cara de vitorioso. Não era só ele que achava estranho essa coisa de menina pegar no gol do time de meninos.

– Helô, por favor, me deixe com a mãe da Lili. Conversamos mais tarde.

Helô saiu da sala como entrara, sem cumprimentar ninguém.

Zizi fechou a porta e ficou com Vânia. Aparentemente a conversa caminhou sem sobressaltos. Dez minutos depois, Vânia saiu da sala e foi embora, apressada. Não estava com cara de alegria, mas também não se poderia dizer que estava carrancuda.

•

Quando ficou sozinha na sala, Zizi respirou fundo. "Ufa, se todo dia começar desse jeito, eu não agüento um mês." Em seguida chamou Sheila, a secretária da escola, que veio rapidamente.

– Sheila, peça para a Helô, o Toninho, a Marilisa e a Sandra passarem na minha sala depois das aulas.

– Sim senhora, chefinha.

Zizi não respondeu à brincadeira de Sheila, e a secretária percebeu que a situação era grave. Zizi quase nunca deixava de responder às suas brincadeiras. O ar estava mesmo com cheiro de azedume.

Afinal, qual é o problema?

– Afinal, qual é o problema, Zizi? – perguntou a professora Marilisa, tão logo chegou à sala da diretora, depois de sua última aula.

– Você já vai saber. Espere um pouquinho até os outros chegarem.

– Outros? Tem mais gente? Então o caso é grave?

– Um pouco... mas nada que não possamos resolver.

Toninho, Helô e Sandra chegaram quase juntos. Helô contou a eles sobre a discussão que tivera com a mãe de Lili.

– Feche a porta, por favor, Toninho. Sentem-se. Não pretendo demorar muito, mas acomodem-se – pediu Zizi.

Enquanto os professores procuravam se acomodar, ela começou sua fala:

– Estamos diante de um problema e gostaria de ouvir a opinião de vocês. É um problema pequeno, mas que pode se tornar desagradável. Além do que, eu acho que uma escola não pode deixar passar isso.

Os professores ouviam Zizi com atenção.

– Não deve ser novidade para vocês a confusão que está dando o campeonato promovido pelo João Paulo. Um dos times que quer participar do campeonato tem uma menina que joga no gol. Bem... aí começa o rolo: uns querem e defendem, outros não querem e ofendem. No fundo é a velha questão de volta: o machismo.

– Que absurdo! – disse Helô, que já tinha opinião formada sobre o assunto.

– Em pleno século 21!

– Bem... é comum acatarmos opiniões diferentes sobre os assuntos que circulam aqui na escola. Mas, quando as opiniões levam a divergências, discussões, brigas, aí temos que tomar uma decisão.

– Nossa, mas chegou a esse ponto? – perguntou Sandra.

– Chegou. E pode ir mais longe se não colocarmos um ponto-final nisso. Por isso pedi que vocês passassem aqui. Vocês são professores da meninada que está envolvida e poderão me ajudar a resolver.

– O que o João Paulo pensa sobre isso, Zizi?

– Acho que ele tem opinião fechada. Meio assim: futebol é coisa pros meninos... E não abre mão. Pelo menos foi assim que ele se manifestou quando tentei convencê-lo a mudar de ideia.

– E se a gente falasse com ele? – sugeriu Sandra.

– Vai adiantar? Você conhece o cara, Sandra!

– Eu já falei com ele. Como disse, ele foi irredutível – disse Zizi. – Bem... podemos tentar mais uma vez. Quem sabe ele cede à pressão de todos nós...

João Paulo foi localizado e chamado. Entrou meio desconfiado na sala da diretora e esperou a conversa rolar. E a conversa rolou, mas ele se manteve firme em sua posição inicial.

– Sinto muito, pessoal. Minha opinião eu já dei... Se vocês decidirem de outra forma, eu acato e transfiro a responsabilidade. Tenho uma opinião muito clara sobre isso e não quero problemas com os pais dos alunos. Se vocês acham que o melhor caminho é outro, sigam em frente e assumam as consequências. Certo?

A conversa não foi adiante, curta e seca, sem mais delongas. Logo que ele saiu da sala, o grupo retomou o assunto:

– Eu falei pra vocês. Por aí não vamos avançar.

– Bem... pelo menos ele foi sincero e deu sua opinião. E deixou a porta aberta para nós. Agora, acho que é com a gente – comentou Toninho.

– Diante disso, o que você está pensando, Zizi? – perguntou Helô.

– Vamos pensar juntos. Neste momento, eu pensei... pensei em uma votação, um plebiscito...

– Plebiscito?

– É. Uma votação com duas opções: sim ou não.

– Mas, Zizi... sim ou não com relação a quê? – perguntou Marilisa.

– Se um time misto pode participar do campeonato. Se ganhar o sim, o campeonato poderá contar com um time de meninos e meninas. Se ganhar o não...

– Acho uma boa ideia. Já estou em campanha... – disse Helô.

– Campanha para quê, Helô?

– Para o sim. Se vai haver um plebiscito, nada mais correto do que antes haver uma campanha. Não é assim, Zizi?

– Eu ainda não tinha pensado nisso, Helô. Mas acho que você está certíssima. Devemos abrir a possibilidade para que os alunos, os professores, os funcionários e os pais pensem sobre isso e discutam, antes de decidir.

– Já estou em campanha, Zizi. Quero que os machistas da escola engulam seu preconceito. Vou fazer um concurso de *slogans* para a campanha do sim. O meu será: "Onde cabe o homem cabe a mulher".

– É isso aí, Helô. Eu estou pensando numa coisa meio maluca – disse o professor Toninho. – Vou discutir com os meus alunos essa ideia de que o homem pode ser mulher.

— Ué... como você vai fazer isso, Toninho? — perguntou Marilisa.

Toninho deu um risinho enigmático e respondeu:

— Não se preocupe, Marilisa. Já tenho uma boa ideia. Vou ensaiar com eles uma pequena peça de teatro com papéis invertidos...

— Como assim?

— Os meninos representarão as personagens femininas e as meninas representarão as personagens masculinas. E como tudo acontecerá no plano da representação, ninguém poderá reclamar...

— Ah, Toninho, só você, mesmo! Genial... — Helô desmanchou-se no elogio ao colega e, enquanto falava, fez um carinho no rosto dele.

— Bem... pelo visto vocês compraram a minha proposta — disse Zizi, aliviada com a posição favorável dos professores.

— Evidentemente, Zizi. Estamos com você nessa.

— Sem dúvida, essa vai ser uma briga boa.

— Quero ver o Saco de Batatas... quer dizer, quero ver o João Paulo engolir essa — disse Marilisa.

— Não me preocupo só com ele. Tem muito mais gente preconceituosa do que imaginamos.

— E para quando você vai marcar a votação, Zizi?

— Vamos definir agora. Penso que daqui a duas semanas. Vou pedir ao João Paulo para prorrogar as inscrições do campeonato para esperar o resultado da votação. Assim dá tempo de vocês discutirem, prepararem trabalhos, mudarem opiniões...

— Ótimo, Zizi. Em frente: os machistas que nos aguardem!

Os professores saíram da sala da diretora e ela ficou mais tranquila. Sabia que podia confiar naquele grupo de professores. Agora era esperar pelo trabalho deles e mandar um comunicado para todo mundo falando da campanha e do plebiscito.

•

Enquanto acontecia a reunião de Zizi com os professores, na porta da escola, Lili conversava com as meninas da sua turma. Na verdade não era bem uma conversa: ela ouvia a malhação das amigas em cima dela.

– Credo, Lili, você não tem vergonha de jogar bola com os meninos? – perguntou Páti com cara de ironia e gozação.

– Isso não fica bem... – disse Aninha.

– ... para uma menina – completou a Milu.

– Isso é coisa de moleque. Tem tantas outras coisas interessantes pra gente fazer... – disse a Milu.

– Menina que joga bola, num sei não...

– A não ser que você tenha outro interesse... Quem sabe, né, Lili? – ironizou Páti mais uma vez.

Lili encheu-se da conversa das amigas e estourou:

– Você sabe muito bem como isso começou, não é, Páti? Ou já esqueceu da aposta que fez comigo e perdeu?

– Ah, Lili, aquilo foi uma brincadeirinha de mau gosto. Não acho que você levou a sério! – contra-argumentou Páti.

– Querem saber de uma coisa? Vocês não entendem nada de nada! E já me encheram com essa conversa!

Lili saiu pisando duro, deixando as amigas falando.

Mais tarde, em casa, resolveu abrir o bilhete anônimo que havia recebido na escola. Curiosa, leu: "Lilizinha, você não engana ninguém. Pensa que a gente não sabe que você quer jogar com os meninos só para ficar olhando as pernas deles e quando der se esfregar nelas? Não adianta disfarçar, queridinha. Pernas... pernas... pernas... e sabe-se lá o que mais!".

Um treino para homem nenhum botar defeito

– Chamem um médico! – gritou Duda assustado.

Lili, caída no chão, assustou-se com o grito dele. Duda continuou de pé, perto de Lili, com a bola na mão, e tornou a gritar:

– Anda, gente, chamem um médico. Tá saindo sangue da Lili.

Bem... como tudo isso aconteceu? Vamos lá. Quando começou a rolar na escola a conversa sobre o plebiscito, Lili animou-se e chegou a pensar que isso facilitaria as coisas com sua mãe.

Mantinha esperanças de que a mãe arredasse pé em negar-lhe o direito de jogar no time dos meninos. O movimento de conversas, ideias, trabalhos e leituras punha todo mundo no meio da roda para discutir o sim e o não do plebiscito. Talvez por isso, ou talvez por querer estar junto com os meninos, topou "bater uma bolinha" com eles, logo depois das aulas.

– Será um treino leve, um bate-bola pra gente não esquecer como é jogar bola.

Lili topou, afinal era uma brincadeira rápida entre eles, com pouca gente circulando pela escola naquele horário. E assim foi. Ou melhor, foi quase assim. Mal começou o pequeno treino recreativo, foi chegando gente e se encostando no alambrado que separava a quadra da arquibancada. Alguns sentaram-se na arquibancada de cimento e outros ficaram de pé perto do gol. E o treino deles virou uma pequena atração com torcida, gente contra, gente a favor, gritos, aplausos, manifestações. Só faltava uma rede de televisão para cobrir o evento esportivo. Até parecia que todos estavam à espreita aguardando o treino do primeiro time misto da escola. Como nos grandes jogos, falavam de tudo, as vozes escondidas e disfarçadas no meio da pequena multidão. Mas dava para reconhecer a voz fina e irritante do Ivan que, escondido entre os amigos de sua turma, gritava:

– Timinho de mulher, vai jogar de sutiã!!!

Ele gritava sem parar. Sua voz somente era encoberta quando acontecia uma jogada mais ousada ou quando Lili pegava na bola. Então a torcida, dividida, se manifestava, num coro de gritos e manifestações diferentes:

– Lili! Lili! Lili! Lili!

– Timinho de mulher, vai jogar de sutiã!

– UUUUUUUUUU...

– Lili, nós aqui e você aí...

– Uuuu... Aaaa... Eieiei... Lili é nosso rei!!

Um grupo de alunos do 5º ano improvisou um cartaz de cartolina onde estava escrito, com tinta vermelha: "O mundo é das mulheres".

E sem que ninguém soubesse de onde apareceu nem quem começou a distribuir, um panfleto impresso em computador foi passando de mão em mão: "Vote a favor da natureza! Homem é homem e mulher é mulher! Vote não!".

De longe, o professor de educação física olhava o treino tão irritado quanto possível. Não gostava nem um pouco de ver aquilo. "Não basta essa ideia maluca da diretora de fazer o plebiscito e esses meninos ainda inventam um treino fora de hora, sem autorização", pensava com seus botões ou com suas batatas. João Paulo nem percebeu que a professora de matemática estava de pé a seu lado, divertindo-se com tudo aquilo. Só deu pela presença dela quando Helô comentou:

– Essa meninada é demais!

João Paulo fez uma cara de pouquíssimos amigos e resmungou:

– Isso não vai acabar bem e alguém vai ter que assumir a responsabilidade.

Mal tinha dito essa frase meio profética e eles ouviram o grito do Duda, chamando por um médico. Não deu tempo de dizer "Eu não falei?", mas foi isso que ele pensou um segundo antes de sair correndo na direção da quadra e do gol onde estava estirada a goleira Lili. João Paulo foi o primeiro a chegar para socorrer a goleira, em meio aos gritos e manifestações que continuavam:

– Calma! Fiquem quietos! Não se aproximem, deixem ela respirar! – O professor sacolejava o corpo e esticava o braço tentando conter um possível aglomerado em cima da menina.

Lili, caída no chão, depois de ter recebido uma bolada no peito, ficou mais assustada com os gritos do Duda e com a encenação do professor do que com a dor que sentia, causada pela força do chute de um dos meninos.

Na arquibancada, um grupo de alunos, comandados pelo Zé Francisco, o rei dos apelidos, não segurou a língua e mandou ver uma saudação para o professor:

– Saco de Batatas! Saco de Batatas!

Outra turma, satisfeita com a bela defesa que Lili fizera, caindo no chão e impedindo o gol, gritava o nome dela:

– Lili! Lili! Lili!

João Paulo ajoelhou-se perto dela e diante dos olhos pretos arregalados perguntou:

– Está tudo bem, Lili?

Ela fez que sim com a cabeça.

– Você se machucou? Onde está doendo?

– Só um pouquinho no peito... por causa da bolada...

– Fora isso, tá tudo bem?

Ela tornou a balançar a cabeça respondendo que sim. Júlio César, também um pouco assustado, aproximou-se e passou a mão no rosto dela, afastando os cabelos lisos, deixando os olhos mais livres. Lili sentiu um arrepio gostoso correr pelo corpo. Se alguma coisa estivera doendo, havia sarado naquele instante, pelo simples contato das mãos dele em seu rosto.

O professor percebeu que tudo não passara de um grande engano de Duda. Lili estava bem, fora a dor no peito. Então virou-se para Duda e gritou:

– Você está louco? Onde você viu sangue nela, menino?

O Duda, com cara de sem graça, apontou um risco fino de sangue seco na perna dela.

– Ali, ó...

Lili deu um pulo e ficou de pé, com vergonha, quando percebeu o sangue que escorrera em sua perna. E, sem mais nem menos, como era seu costume de "pimentinha" quando incomodada, respondeu ao Duda:

– Seu idiota! Isso é menstruação! Você nunca viu isso?

O Duda quase enfiou o rosto dentro do pescoço tamanha a vergonha. Ele não sabia mesmo o que era menstruação. E assustou-se quando viu o sangue na perna dela.

– Desculpa, tá, Lili. Eu pensei...

– Pensou errado. E agora vamos terminar logo o jogo – encerrou o papo Lili.

O professor saiu da quadra ouvindo os alunos chamando-o pelo apelido que ele odiava, e o treino chegou ao fim, com Lili ovacionada. Ele foi direto à sala da diretora, pediu licença e contou-lhe, do seu jeito, o que vira na quadra.

– As coisas vão piorar, dona Zizi.

– Ora, professor, deixe de ser tão inflexível em suas opiniões e aceite com mais naturalidade isso que todos os alunos já aceitaram.

– Isso não vai dar certo, a senhora vai ver só!

Saiu reclamando, resmungando e sacolejando as batatas do corpo.

E Zizi ficou pensando em si mesma, quando menina: era apaixonada pelo carrinho de rolimã de seu irmão e ouviu várias vezes adultos lhe dizerem que brinquedo de menina era boneca, e rolimã era coisa de moleque. "Quanta bobagem", pensou.

•

À noite, sozinha em seu quarto, Lili pegou o diário e anotou:

O imbecil do Duda quase me matou de susto hoje no treino. Como é que pode um moleque dessa idade não saber que nós temos menstruação e que um pouco de sangue pode escorrer...? Ainda bem que ficou por isso mesmo. O treino não foi ruim. Mas... o gostoso, gostoso mesmo, foi o gesto do Júlio César passando a mão no meu rosto. Foi rápido, mas tão... Quer saber de uma coisa? Nem sei direito se quero jogar... Estou em dúvida e nem é por causa de minha mãe. Mas se eu não jogar o Júlio César vai ficar uma fera comigo... Preciso decidir.

Flashes da campanha

Tudo caminhava conforme Zizi e o grupo de professores haviam organizado: duas semanas antes do plebiscito, uma intensa movimentação de ideias e fatos foi colocada em prática na escola. Aqui, ali e lá as ideias se mexiam, as coisas aconteciam e as pessoas, em casa, na rua e na escola, começaram a pensar sobre o assunto do sim e do não.

Zizi via com satisfação o cotidiano da escola misturando os assuntos: a matemática lendo, a língua calculando, a história desenhando, a ciência ouvindo histórias... Recordou-se novamente dos seus tempos de menina e moça, não tão distantes nem tão próximos, e de sua vontade de andar no carrinho de rolimã do irmão e dos amigos dele. Quantas vezes sonhara estar em um carrinho de rolimã descendo a ladeira a toda velocidade, deixando todo mundo para trás? E os pais brigando porque ela queria ser piloto dos carrinhos dos meninos? E insistiam com ela que menina deveria brincar com bonecas. Zizi tivera poucas bonecas e nunca se entusiasmara

muito com elas. Depois, para piorar ainda mais as coisas, suas amigas começaram a tomar feições de moça muito mais rápido do que ela. Todas já tinham os seios definidos e ela tinha que buscar ajuda em punhados de pano que faziam às vezes de peitos e se acomodavam disfarçadamente dentro de pequenos sutiãs. E quase tudo foi assim na sua vida: teve que namorar, pois todo mundo namorava, precisou ficar noiva porque toda mulher fica noiva, casar e cuidar de casa e dos filhos porque toda mulher casa e toma conta dos filhos e da casa. Até o dia em que decidiu que queria ter um trabalho fora de casa. Zizi nunca aceitara o pensamento de que mulher só pode fazer isso ou aquilo e homem pode fazer tudo isso e tudo aquilo.

•

Helô tinha um *hobby* que todos achavam estranho para uma professora de matemática: gostava de ler e escrever poemas. Em vez de resolver complicadas expressões numéricas, ela gostava mais era de resolver relações complicadas entre as palavras e transformar suas ideias sobre o mundo em versos. Por isso carregava os seus poemas junto com os números e cálculos para todo lugar. Era comum vê-la perdida no mundo das ideias e sentimentos calculando com exatidão o lugar das palavras. Alguns colegas achavam graça e faziam brincadeiras, a que ela respondia: "O que me impede de gostar de ler e escrever poesia? Quem decidiu que professor de matemática tem que ser homem, carrancudo, falar pouco, não ter emoções e só gostar de números?". Enquanto seus alunos se debruçavam em um trabalho de pesquisa sobre porcentagem de quem mais vai às compras, o homem ou a mulher, ela rabiscava com precisão mais versos e estrofes. O último poema que fizera, inspirado na vida de homens e mulheres que fazem coisas sem se preocupar se são coisas de homem ou de mulher, tinha o curioso título de "Homem pode ser mulher?". O professor Toninho tinha lido e feito muitos elogios. Até incentivara Helô a procurar uma editora para publicar seus poemas.

•

Páti, Silvana e Milu, parceiras de um grupo de trabalho, discutiam sem muita vontade o texto que Toninho havia passado para a classe. Era um texto sobre brinquedos, a importância dos brinquedos na vida das pessoas, e falava um pouco da história de algumas brincadeiras. Conversa aqui, conversa ali, as meninas não pareciam muito interessadas no trabalho proposto pelo professor, que era produzir um texto sobre a questão "Quem pode brincar com bonecas?". Depois de muita conversinha paralela e ter feito o trabalho pedido pelo mestre, Páti cochichou com Silvana:

– Sabe de uma coisa... estou pensando que nós bem poderíamos ajudar a Lili nessa maluquice dela...

– Que maluquice, Páti?

– Participar de time dos meninos...

– Ajudar?... Não estou entendendo...

– Eu explico melhor...

E, falando baixinho, Páti combinou com as amigas.

•

À tarde, em casa, Júlio César folheava um livro que havia pego na biblioteca da escola, cujo título era *Tudo o que um garoto precisa saber para conquistar uma garota*, quando viu um papel colorido dobrado entre duas páginas do livro. Pegou o papel, abriu-o e leu:

JC,

Me desculpe, mas acho que não poderei jogar no time de vocês. Bem que eu quero, mas sabe como é, meu novo namorado está brigando muito comigo por causa dessa ideia maluca. Ele disse que eu preciso escolher entre jogar com vocês ou ficar com ele. Além disso, ele também comentou uma coisa que eu nunca tinha reparado: que as pernas de vocês são muito feias. Aí já viu, né?

Lili

O bilhete havia sido digitado e só a assinatura fora feita com caneta. Júlio César ficou nervoso e chateado com a desculpa de Lili. Telefonou para os amigos e falou do bilhete e de sua decepção. "Tanta coisa por nada. Mas, se ela prefere dessa forma, assim será. Nós vamos para o jogo do jeito que der!", dizia, encerrando a conversa.

•

À noite, em casa, Lili, de passagem pelo corredor, indo para a cozinha fazer a última boquinha antes de dormir, ouviu a mãe ao telefone em conversa com alguma amiga:

– ... eu também acho... mas penso que mais cedo ou mais tarde ela vai me entender e largar essa bobagem de jogar com moleque... sim, daqui a pouco ela vai passar a ver os meninos com outros olhos, não como companheiros de time de bola...

Lili foi à cozinha, fez a boquinha e voltou para o quarto. Dormiu meio desassossegada naquela noite. Em parte a mãe tinha razão: de um jeito ou de outro, meio sem entender direito o que acontecia no seu coração, ela sabia que às vezes pensava no Júlio César com outro sentimento que não aquele de parceiro de time. E, naquela altura do campeonato, Lili parecia estar no meio de um jogo de cartas em que os parceiros de jogo não eram só parceiros, mas poderiam ser também inimigos, e as cartas estavam bastante embaralhadas. Ela precisava definir o papel dos jogadores e arrumar as cartas para vencer o jogo.

Um pouco mais da campanha

Lili achou muito estranho o comportamento dos meninos. Fazia uns quatro ou cinco dias que nenhum deles olhava para ela, não a cumprimentava nem tampouco falava com ela. Alguma coisa diferente tinha acontecido com eles, em relação a ela, que provocara essa mudança. Nesse meio tempo, eles até tinham feito um novo treino do time e ela não fora avisada. Talvez fosse por causa do clima agitado que tomara conta da escola e que teria feito os meninos se esquecerem de avisá-la. Antes de sair para a aula, enquanto trocava de roupa, diante do espelho, lembrou-se das últimas anotações que fizera no diário, desta vez sobre ela mesma, sobre seu corpo, sobre dúvidas e curvas, sobre curvas e pequenas montanhas. Gostava do que via, das pequenas mudanças que aconteciam no corpo, quase imperceptíveis, mas que estavam ali presentes, lembrando-a de que estava deixando de ser uma criança para tornar-se aos poucos uma moça. Isso era bom e ruim ao mesmo tempo. Bom porque vinha cheio de novidades. Ruim porque as novidades obrigavam a mudanças de comportamento. No entanto, gostava do que via no espelho, do desenho novo que seu corpo ia tomando. Olhava-se também no rosto e nos olhos e conversava consigo mesma, trocando ideias com sua imagem refletida no espelho. E seguia fazendo novas descobertas, encontrando-se com seus novos interesses. Por exemplo: descobriu que estava muito chateada com os meninos do time, principalmente com Júlio César, mais pela falta de atenção deles do que por causa do treino, do time, do campeonato. Percebeu quanto era bom ter clareza das coisas que sentia, não ter dúvidas. Gostava dos meninos, gostava do time, de jogar no gol, de ser vista como alguém diferente, mas isso já não era tão importante em sua vida. Poderia até ficar sem jogar o campeonato, que pouco ou nada afetaria sua vida, seus sentimentos. Mas não queria magoar os meninos nem ser magoada por eles. Talvez por isso não conseguisse se desfazer da dúvida que a vinha atormentando: jogar ou não jogar, independentemente do resultado do plebiscito. E, com essa dúvida ocupando parte dos seus pensamentos, foi para a escola, no dia anterior ao da votação.

No portão de entrada, o clima do "sim" e do "não" tomara conta da escola. Tanto assim que logo de manhã, ali na porta de entrada, duas mães discutiam a questão, uma tentando impor à outra sua opinião:

— Eu acho que cada um faz o que quer na vida... mas tudo tem limite. Onde já se viu mulher mandar em casa! — dizia uma.

— Eu também penso assim, Clarinha, mas que tá cheio de casa em que a mulher manda mais que o homem, não tenha dúvida disso, minha querida! — dizia a outra.

— Isso é verdade. Mas é por necessidade ou falta de homem.

— Seja lá por que for, o certo é que as mulheres estão cada vez mais ganhando terreno.

— Mas eu ainda acho que o certo é como Deus fez a natureza: cada macaco no seu galho.

— Também acho. O difícil é saber qual galho pertence a qual macaco. Não seria mais fácil pensar que os galhos pertencem a todos e que podemos ocupá-los como for melhor para nós?

— Ah! Ivani, você tem cada ideia!

Lili entrou e deixou as duas ainda conversando sobre mulheres, homens, macacos e galhos.

Durante toda a manhã os alunos organizaram seus trabalhos, preparando cartazes e faixas e colocando-os no pátio interno, onde se daria a votação do dia seguinte. Duas faixas enormes foram colocadas por grupos de opiniões opostas, uma em frente da outra: "Vote sim pela liberdade de comportamento" e "Vote não em respeito à natureza". Um outro trabalho, feito por alunos mais velhos, expunha um grande painel com indicadores de estatística pesquisados por eles. Os números mostravam coisas interessantes: muitas mulheres ocupando cargos que antes só eram ocupados por homens; muitas, muitas mulheres chefiando famílias; muitas, muitas mulheres trabalhando fora de casa; muitos, muitos homens se preocupando com comportamentos que antes eram só de mulheres, como, por exemplo, cirurgia plástica de embelezamento; muitos, muitos homens ajudando as mulheres nos trabalhos domésticos, etc. O trabalho tinha o interessante título de "Os números não mentem jamais".

Lili e os colegas olhavam tudo, analisando, pensando, discutindo, conversando. Mas... o que todos estavam esperando mesmo era a apresentação de uma peça de teatro organizada por Toninho e Helô. A peça tinha sido escrita pelos dois professores, inspirados no poema feito pela Helô, e recebera o mesmo título: "Homem pode ser mulher?". E por que todos estavam ansiosos esperando a dramatização? Por uma razão muito simples: as personagens femininas seriam representadas por meninos, e as masculinas por meninas. Quem tinha visto os ensaios garantia que estava uma delícia, principalmente a empregada doméstica, representada por Ivan, especialmente escolhido pelo professor Toninho para esse papel. Na hora da apresentação da peça, o pátio estava lotado, todo mundo a postos para assistir. Antes de começar o espetáculo, a diretora da escola pediu a todos que vissem a dramatização como um motivo a mais para refletirem sobre a questão proposta no plebiscito.

— Divirtam-se com a espetacular apresentação de seus colegas e pensem muito antes de votar amanhã.

Mal os primeiros atores entraram em cena, as gargalhadas começaram. E se prolongaram por todo o tempo em que os oito meninos e meninas estiveram em cena, representando uma família em apuros econômicos que obrigavam o pai e o irmão mais velho a trabalhar como domésticas em outras casas. O Ivan esteve ótimo. Muito pouco à vontade no seu papel feminino, percebia-se que ele estava ali forçado por uma situação de trabalho escolar. A ameaça da nota baixa pairava sobre sua cabeça. E, por incrível que pareça, quanto mais desencontrado no papel de doméstica ele se apresentava, mais engraçado ficava. Com sua voz de menino meio moço que às vezes desafinava, fazia rir a plateia. Além disso, sua peruca e suas roupas tinham sido escolhidas a dedo pelo professor: a peruca loura desbotada de cabelos enrolados feito novelo embaraçado, as roupas largas e coloridas que não combinavam com coisa nenhuma. Ao final, foram muito aplaudidos. Ivan saiu rapidinho do palco e sumiu de cena.

Lili, como todos os outros colegas da escola, empolgada pelo trabalho, saiu conversando alto, rindo e comentando. Cruzou com Júlio César já quase na saída e cumprimentou o amigo do time:

— Oi, Júlio...

Júlio César fechou a cara e respondeu alguma coisa parecida com "Sai da frente, sua egoísta traidora!".

— O que você disse? — perguntou Lili.

Ele não respondeu. Nem ouviu o que ela disse, pois tinha virado as costas para a goleira do time e saído de perto rapidamente.

Perto dela, Páti fez cara de sentida e comentou com Lili:

— Nossa, Lili, que menino mal-educado! Eu, hein...

Lili fez que não ouviu e separou-se da amiga. À noite, em casa, estava tão furiosa que escreveu duas páginas no seu diário supersecreto.

Uma das páginas foi toda dedicada à raiva da atitude de Júlio César.

O dia do sim ou do não

Todos levaram para casa uma circular da escola em que estavam detalhados os procedimentos do plebiscito: quem poderia participar, horários, locais, como votar, composição da mesa receptora dos votos, urnas e... apuração. Não haveria aula, pois todos estariam envolvidos na escolha do sim ou do não. A apuração seria feita no final da tarde por uma comissão formada por representantes dos alunos, dos professores e dos pais. Segundo cálculos da diretora, por volta das 18 horas o resultado seria anunciado.

Lili, Silvana e Páti seriam responsáveis por uma das salas de votação. Tinham tudo em ordem: as cédulas, a cabine, a urna e a lista de presença. Duda e Marcelo fariam parte da fiscalização.

Outros eram do comitê de recepção, cuja tarefa era orientar os votantes. Foi montada uma comissão central, que ficaria alerta durante todo o tempo do plebiscito e teria como trabalho resolver os problemas que fossem aparecendo ao longo do dia. Estavam nessa comissão Zizi, Helô, João Paulo, Sheila da secretaria, Marieta, a mãe de Júlio César, o pai de um aluno da 6ª série e dois alunos da 8ª. Os demais estavam liberados para votar, para fazer boca de urna, para tentar mudar o voto de alguém na última hora.

A escola passou por um mutirão de limpeza e ficou uma "belezura", como disse Maria, a líder do pessoal da limpeza. Por isso, logo às 8 horas da manhã, quando começou o plebiscito, todos os que entraram na escola fizeram muitos elogios à limpeza e à beleza do prédio. No grande portão de entrada, uma faixa anunciava o evento e dava as boas-vindas: "Sejam bem-vindos à festa cívica do voto".

E logo na entrada o movimento já começava: uns distribuíam réplicas da cédula com a opção do voto pelo sim, outros com a do voto pelo não. E usavam seus argumentos a favor de um e contra o outro. A turma que defendia o sim era a mais alegre, talvez porque defendesse a liberdade. Vestiam camisetas brancas com o desenho de um rosto alegre e a palavra SIM estampada no peito. Júlio César era dessa turma. Mas não demonstrava tanta alegria. Parecia defender uma ideia na qual já não acreditava. O Ivan, pelo contrário, era um dos mais agitados defensores do voto não. Tanto que segurava de um dos lados uma faixa, já conhecida, com a inscrição "Vote não em respeito à naturesa". Isso mesmo: "naturesa", com esse no final.

Lili não aguentou e provocou:

– A sua natureza é diferente da minha, Ivan!

Ao que ele respondeu:

– E é mesmo. Eu sou homem e jogo bola, você é menina e brinca com bonecas!

Páti, ao lado de Lili, comentou, rindo bem alto:

– O cara é tão burro que nem percebeu.

A festa cívica do voto, como Zizi nomeou, transcorreu sem maiores problemas, cada um fazendo a sua escolha e votando em uma das duas opções, a turma da boca de urna atuando sem parar do lado de fora, como fora combinado. O único incidente aconteceu com dois marmanjos da 8ª série, dois alunos com cara de azedos com a vida, que estavam distribuindo um pequeno panfleto com o desenho debochado de uma mulher, em trajes de doméstica, e a frase destacada "Lugar de mulher é na cozinha". Eles foram encaminhados à comissão central e receberam lá uma bronca do tamanho da escola.

– Coisa feia, meninos! Além de faltarem ao respeito com as pessoas que trabalham como domésticas, vocês são preconceituosos...

– Quer dizer... todo esse punhado de boas professoras que vocês têm na escola deveria estar em casa na cozinha?

– As médicas? A prefeita da cidade? As atrizes? Enfim... esse mulherio todo deveria estar em casa pilotando fogão?

– Gente, o que será que a mãe e as irmãs de vocês pensam sobre isso?

Os meninos enfiaram o rosto no meio do pescoço. Se fossem avestruzes, estariam de cabeça enfiada no chão. Ainda tentaram se desculpar:

– Não fomos nós que fizemos isso...

– A gente só estava distribuindo...

– Pior ainda – atalhou enérgica a poetisa Helô. – Pior ainda. Os outros fazem coisa errada e dão na mão de vocês, para vocês, bobos, continuarem a tolice?

Depois disso, ela virou-se para trás e soltou baixinho um palavrão. Mas, recolhidos os folhetos dos marmanjos, o resto foi moleza, doçura, coisa fina. Uma festa.

Lili procurou várias vezes se aproximar de Júlio César, mas ele escapou sempre, saindo de perto, virando o rosto, fingindo conversar com outra pessoa. Ela só conseguiu se aproximar do menino na hora da apuração. E, por falar em apuração, apesar da expectativa e das muitas pessoas presentes na hora da contagem dos votos, tudo caminhou sem desordem, como Zizi havia planejado. Todas as sete urnas foram levadas para o palco. O palco foi cercado, e apenas a comissão de apuração lá estava para proceder à contagem. Uma a uma as urnas foram abertas e todos os votos contados. Cada urna apurada tinha o resultado anotado em um painel enorme colocado na frente do palco. A cada voto registrado para o sim a ovação era grande. Parecia que só havia partidários do sim na apuração. Mas os números parciais indicavam uma disputa par a par, ombro a ombro, cabeça a cabeça. Tanto que, após o resultado da sexta urna, a diferença a favor do sim era de apenas dois votos. Isso mesmo: dois votos. Faltava apurar pouco mais de cem votos, e o resultado estava indefinido. Helô deu um leve toque no ombro de Zizi e comentou:

– Credo, Zizi, será que vamos perder, depois de tudo o que fizemos?

Zizi respondeu, em meio às manifestações:

– Se for a vontade da maioria, que assim seja, Helô. Teremos que respeitar a escolha da maioria.

– Eu pensei que a cabeça dos nossos alunos já estivesse olhando dentro do século 21...

– A gente se engana, menina. Mas vamos esperar.

E a apuração caminhou para o final com o resultado da última urna. A diferença não se alterou muito e o sim foi vitorioso com apenas oito votos a mais. Festa total dos partidários do sim. Muitos gritavam o nome de Lili, de certa forma a causadora daquela discussão e da votação. Lili gostou e riu com satisfação pela vitória. Mas no fundo...

Bem... no fundo, lá no fundo do coração e nos guardados do seu diário secreto, Lili estava metida em uma grande dúvida e em uma certa tristeza pelo comportamento dos meninos do time. Afinal, a vitória tinha cara de meia vitória. Depois da comemoração, Lili estava pronta para ir embora quando viu Júlio Cesár vindo em sua direção com uma mulher que falava energicamente com ele. A menina parou e esperou. Júlio César, de cara amarrada, aproximou-se com a mulher, quase que levado à força.

– Você é a Lili? – perguntou a mulher.

– Sou...

– Eu sou a mãe do Julinho. Acompanhei tudo e fico feliz com o resultado. Agora vocês poderão jogar juntos...

Lili não respondeu e olhou para o garoto. Júlio César escapou da mãe e saiu de perto. Marieta foi atrás dele:

– Boa sorte, Lili. Gostei de conhecer você.

Lili foi andando. Páti se aproximou, comendo uma barra de chocolate:

– Quer um pedacinho, Lili?

– Não.

Páti comia fazendo um barulho nojento e afetado com a boca.

– Esses meninos... quem consegue entender essa molecada? Em vez de comemorar, ele fica com cara de quem brigou com a namorada!

Lili não deu atenção à amiga e afastou-se logo, preparando-se para ir embora. Quando chegou em casa, estava muito irritada, apesar da vitória do sim, e foi direto para o quarto e para seu diário secreto. Escreveu nele durante uns bons minutos e registrou toda a sua irritação em pelo menos duas páginas.

Júlio César foi para casa com a mãe, levando bronca e tentando explicar por que havia sido tão "seco e mal-educado" com a goleira do time, depois de ter sido indiretamente o responsável pela vitória do sim e pela mudança do regulamento.

Enfim começa o campeonato

Zizi chamou os professores que mais ajudaram na organização da discussão e do dia da votação para fazer um balanço de tudo o que tinha acontecido.

– Apesar do resultado apertado, acho que saímos vencedores. Depois de tudo o que lemos, ouvimos, falamos, discutimos e escrevemos, ninguém será mais o mesmo. Será impossível pensar do mesmo jeito ou manter as mesmas atitudes preconceituosas... – disse a diretora.

– Concordo, Zizi – disse Helô. – De todos nós, acho que o único que não está ainda convencido é o João Paulo.

– É verdade – completou Marilisa. – Vocês precisavam ver a cara de desaprovação dele durante a apuração.

– Mas ele vai acatar o resultado. Depois de ouvir o resultado, ele se aproximou de mim e disse: "Você sabe que eu não concordo com isso, né?, dona Zizi. Mas, se a maioria aceita, eu não vou questionar... Pode inscrever a menina no time que ela vai jogar sem problemas...".

– Nossa, que vitória!

– Eu conversei mais um pouco com ele e disse que não inscreveria ninguém em campeonato nenhum. Isso seria decisão dos alunos. Inscrever e jogar é um direito deles, eles que decidam – disse Zizi.

– Ele ficou convencido?

– Não sei. Mas vai respeitar. Acho que seremos a primeira escola a promover um campeonato com meninos e meninas no mesmo time.

– É isso aí, Zizi. O mundo é das mulheres! Quem ainda não percebeu vai chegar tarde na festa...

•

A escola voltara ao seu cotidiano. Faltavam dois dias para o início do campeonato, do primeiro campeonato na história da escola em que uma menina jogaria no gol de um time de meninos, quando Zizi ficou sabendo pelo João Paulo que Lili não fora inscrita em nenhum time.

– Ué... Peçam para o Júlio César passar aqui na minha sala antes de ir embora.

Depois de sua última aula, o garoto foi até a sala da diretora.

– Júlio César...

– Senhora.

– Você inscreveu seu time no campeonato?

– Inscrevi.

– O time todo?

– O time todo... Quer dizer... todo mundo que quer jogar.

– Como assim?

– Eu não posso inscrever uma pessoa contra a vontade dela...

– Isso é verdade. E quem não quis jogar no seu time?

Júlio César engasgou na resposta.

– É quem eu estou pensando? – Zizi ajudou-o.

– Acho que é.

– E por quê?

– Ela me mandou um bilhete dizendo que não queria mais jogar... – Júlio César omitiu, por raiva ou por dor de cotovelo, o trecho em que Lili dava as razões de não querer mais jogar, principalmente o comentário sobre as pernas dos jogadores...

– Não acredito! Depois de tudo que aconteceu! Bem... eu não vou entrar mais nessa história. Isso, agora, é entre vocês. Mas podemos combinar o seguinte: eu peço ao professor que não feche ainda as inscrições e, se ela quiser, ainda aceitaremos. Está bem assim?

– Vai depender dela.

– Dela e de você... um pouco de cada um. Afinal, você começou isso! Não vai desistir agora, vai? Converse com ela... use seu charme...

A escola inteira havia ficado surpresa quando a notícia de que Lili não se inscrevera no campeonato foi divulgada. Foi "uma verdadeira bomba", como dizem os locutores esportivos. Todos perguntando, reclamando – e cobrando Lili! E ela desviava das perguntas, esquivava-se de responder, escorregava nos argumentos. A única resposta razoável que ouviram dela foi "Estou machucada, com dores na coluna, e assim não dá pra jogar". E até havia um pouco de verdade nisso. Ela estava mesmo machucada, mas a natureza do machucado era outra. Sentia dores, mas não na coluna.

Júlio César saiu animado da sala da diretora. Apesar da raiva, no fundo o que ele mais queria era estar junto com ela no time. No entanto, faltou coragem e iniciativa para se aproximar dela, e quando o campeonato começou estava tudo do mesmo jeito. Seu time fez a estreia com Duda jogando no gol, e tomaram uma goleada de 6 a 2. Eles passaram o tempo todo gritando com o goleiro improvisado:

– Sai do gol, Duda, vai na bola, não deixa o cara chutar, olha a bola, fica esperto, pula na bola...

Mesmo assim, o pobre Duda foi buscar a pelota seis vezes no fundo do gol. Júlio César, preocupado com a defesa, não conseguia coordenar as jogadas de ataque do time. Seu único consolo era olhar para a arquibancada e, mesmo de longe, trocar olhares rápidos com Lili, que assistia ao jogo junto com as amigas. Por breves instantes, Júlio César chegou a pensar que o time perdia não só porque não tinha um bom goleiro, mas também por causa das pernas feias dos jogadores... Umas eram finas, outras compridas demais, outras tinham os joelhos tortos...

Na segunda rodada foi a mesma coisa: mais três gols e nova derrota. Na terceira rodada, um empate de 1 a 1 foi comemorado como se fosse uma grande vitória. Na quarta rodada, finalmente uma mísera vitória. O adversário, time de Zé Francisco, o rei dos apelidos, era tão ruim, tão ruim, que teria sido uma vergonha nacional perder para eles. Depois da quarta rodada, Júlio César tomou uma decisão e comunicou-a aos companheiros do time:

– Só tem mais um jogo nessa fase. Se perdermos, estamos fora do campeonato. Não vai ser um jogo fácil, porque o outro time vai disputar a vaga com a gente. Sem um bom goleiro, vamos tomar outra ensacada.

Duda, pensando que fosse uma bronca indireta, resmungou:

– Todo mundo sabe que eu não sou goleiro. Tô fazendo o que posso...

– A gente sabe disso, Duda. Ninguém está culpando você. Estou falando de outra coisa... da Lili...

– Mas ela não quis saber da gente...

– Eu sei. Mas vou falar com ela... Última tentativa. Se ela não quiser jogar, vamos desistir...

Os outros meninos não contestaram. Ele tinha razão. Sem Lili no gol, o time era medíocre, um desastre, uma desgraça, uma vergonha.

– Você vai falar com ela, depois do que ela fez? – perguntou o Marcelo.

– Vou. Falar mesmo não... eu vou mandar um bilhete...

Foi esse bilhete escrito por um Júlio César cheio de vontade que Lili recebeu e leu no dia seguinte. E foi esse mesmo bilhete que ela esqueceu sobre a geladeira, sua mãe encontrou e também leu.

No bilhete, uma jogada de craque para o time

A cabeça de Júlio César estava a mil enquanto escrevia o bilhete para Lili. Aliás, era um bilhete tão longo que mais parecia uma carta. Ele misturou amizade, compromisso, prazer de jogar e outras coisas mais. Até um capítulo do livro *Tudo o que um garoto precisa saber para conquistar uma garota* que ensinava como mostrar interesse sem parecer demasiadamente interessado serviu de inspiração. Quando terminou sua pequena obra, Júlio César leu tudo o que acabara de escrever, respirou fundo e pensou alto: "Se não der certo assim, nada dará jeito...".

•

Lili recebeu o bilhete das mãos de Rafa. Ela o leu pela primeira vez longe das meninas, escondida de olhares curiosos, trancada no banheiro. Leu várias vezes. Leu e sorriu. Leu e sentiu o coração bater mais forte. Leu e pensou naquela história maluca do outro bilhete, de namorados, de pernas feias. Levantou hipóteses. Riu. Pensou. Engoliu raiva. Imaginou quem poderia ter escrito o tal bilhete. Ficou bronqueada com Júlio César. Leu e sentiu alívio. E raiva ao mesmo tempo. Leu e ficou com uma vontade grande de jogar no time dos meninos. Leu e segurou o coração para não deixá-lo sair pela boca. Leu na classe, no caminho para casa, em casa.

O que Júlio César escreveu e ela leu foi o seguinte:

Lili,

Estou escrevendo para você para pedir desculpas se fui mal-educado. É que depois do bilhete que você me mandou dizendo que não jogaria mais no nosso time por causa do seu namorado e por causa das nossas pernas feias, eu, quer dizer, nós ficamos muito chateados. Você podia ter falado pessoalmente em vez de mandar bilhete. E ainda por cima tão perto do começo do campeonato que não deu pra arrumar outro goleiro. O Duda, coitado, parece peneira furada de tanto gol.

Mas a gente queria você mesmo no gol. Todo mundo estava esperando você pegando no nosso gol, até a diretora da escola me perguntou por que você não estava jogando com a gente.

Eu me acostumei com você no gol. Você me entende só de olhar. Você já percebeu que a gente conversa pelos olhos, quando eu olho pra você e você pra mim, a gente sabe o que um está dizendo pro outro, não é? Com o Duda tem que ser no grito, e mesmo assim...

Se você quiser voltar, a gente te aceita de volta e inscreve agora mesmo. Você viu como nós estamos mal na tabela, e o próximo jogo será importante para a classificação. Se perdermos o próximo, estaremos fora.

Eu gosto tanto desse time, quando você está jogando com a gente, que mesmo se eu tivesse namorada e ela me mandasse deixar o time eu não faria isso de jeito nenhum. Vocês são o meu time do coração, e sem você no gol fica tudo muito sem graça.

Então, a proposta tá de pé. Se você quiser jogar é só aparecer no dia do jogo.

Esperamos você com a bola cheia!

Júlio César

Depois de muitas vezes lido, o bilhete foi esquecido em cima da geladeira, e a mãe de Lili o encontrou. Vânia ficou feliz, pois percebeu pelo bilhete do menino que Lili tinha desistido de jogar bola com eles. Sentiu-se vitoriosa. Resolveu conversar com a filha e agradecer a decisão que ela havia tomado, desistindo daquela tolice de jogar bola no meio dos garotos. Deixou o bilhete no mesmo lugar e foi falar com a filha:

– Gostei da sua decisão, Lili! Afinal...

– Que decisão, mãe?

– De não jogar mais bola no time dos moleques...

– Eu ainda não tomei a decisão, mãe.

– Como não? Eu li...

– Você leu o quê, mãe? Coisa que não era da sua conta!

– Desculpa, filha. É que a cartinha estava em cima da geladeira. Eu vi, peguei para saber o que era e fui lendo... Então você mandou um bilhete...

– Não mandei, não, mãe. Deve ter sido coisa da Páti ou da Silvana... Eu não mandei nada.

– Então você não desistiu disso, minha filha? Eu aqui toda feliz pensando na sua festa de aniversário, roupa nova, seus amigos e amigas...

– E o que tem uma coisa com a outra, mãe? Aniversário é aniversário, e jogo é jogo. Além disso, o time dos meninos tá perdendo feio por minha culpa.

– Por sua culpa? Você nem está jogando...

– Por isso mesmo. Eles contavam comigo no gol.

– Mas...

– Mãe, eu não sei se vou virar uma jogadora de futebol, se vou jogar a vida inteira...

Vânia voltou a sorrir.

– ... mas agora eu não posso deixar os meninos na mão. Você entende?

Vânia fez que sim com a cabeça. Na verdade ela não entendia, mas pensou que nada adiantaria teimar com a filha naquele momento.

– E a festa de aniversário, mãe?

– O que tem a festa?

– Tá de pé?

Vânia demorou um pouco para responder, mas concordou:

– Tá. No próximo sábado. Os convites estão prontos. Seria uma festa-surpresa. Agora você já sabe...

– Faz de conta que eu não sei...

Antes de dormir, Lili escreveu no seu diário supersecreto:

Recadinhos para uma pessoa feliz (eu)

1. Estou muito contente com o bilhete que recebi do Júlio César. (Que coisa legal ele falou, aquilo de conversar só com os olhos. Pura verdade.)

2. Quanto mais conheço minha mãe, mais gosto dela.

3. Tive certeza de quanto sou importante para o time dos meninos.

4. Mesmo tendo dúvidas se quero treinar futebol a sério, acho que vou jogar pelo menos nesse campeonato.

5. Depois... depois eu dou um jeito de continuar amiga do Júlio César.

6. Ah! Tenho que acertar as contas com as meninas. Com certeza o tal bilhete que o Júlio César falou foi mandado por uma delas. Que conversa estranha aquela de pernas feias! O que será?

Três dias depois, dia do jogo decisivo para o time dos meninos, Lili já tinha resolvido jogar. Mesmo sem conversar diretamente com eles, todos já tinham entendido pela troca de olhares que ela estaria presente no jogo. Assim que o time entrou em quadra para jogar, Lili entre eles, o professor João Paulo foi visto saindo para procurar a diretora. Provavelmente para questionar a presença da menina no time. E provavelmente recebeu da diretora a informação de que ela estava inscrita!

O jogo começou, bola aqui, bola ali, dribles, chutes, defesas, ataques. Jogo difícil para os dois lados. Lili, firme no gol, pegava todas, para delírio de quem estava vendo o jogo e torcendo por ela. Por várias vezes a torcida gritou seu nome. O jogo se arrastou disputado e terminou o primeiro tempo em 0 a 0. Veio o segundo tempo, e logo no início Júlio deu uma escapada pela direita e lançou a bola para Rafa, que meteu um bonito chute para dentro do gol adversário. Na comemoração, em vez de correr para o abraço dos meninos, Rafa correu na direção de Lili para abraçá-la. Assim fizeram os outros jogadores, inclusive Júlio César. E terminou assim, apenas 1 a 0, um golzinho magro, mas suficiente para classificar o time deles para a próxima fase. Se ganhassem o próximo jogo, no meio da semana seguinte, jogariam no sábado à tarde disputando uma vaga na final.

No meio da confusão da comemoração pela vitória, Júlio César e Lili saíram da quadra abraçados, como dois amigos, craques do mesmo time, ou como dois...

Quem está na chuva é pra se queimar

Quando Lili resolveu jogar a partida decisiva para a classificação do time para a próxima fase, nem pensou que, com a ida do time para a sequência do campeonato, precisaria jogar pelo menos mais uma vez. Acabou aceitando jogar mais esse jogo assim que foi lembrada disso pelo Júlio César. "Afinal, como disse um corintiano famoso, quem está na chuva é pra se queimar", pensou ela.

A quarta-feira chegou e lá foi a escola toda para a quadra assistir ao jogo. O campeonato caminhava para a escolha das quatro melhores equipes, e isso ninguém podia perder. Ainda mais que uma das equipes tinha a "incrível, a imbatível, a insuperável" Lili no gol. Com apenas uma partida no gol, ela já era unanimidade na escola, considerada o melhor goleiro e a grande revelação do campeonato. Os menores olhavam para ela com admiração, e os maiores com respeito. Claro, alguns olhavam com inveja, e outros até com desprezo, afinal a escola ainda tinha um punhado de gente pensando que mulher não devia jogar com homem. Enfim, lá foi Lili toda aparatada para pegar no gol. Antes do início do jogo, Duda aproximou-se dela e, vendo aquela menina bonitinha, com o cabelo liso preso por elástico atrás da cabeça, vestindo *short* e meião e protegida por um par de joelheiras e outro de cotoveleiras, deixou escapar um elogio sincero:

– Nossa, Lili, você é o jogador mais bonito do campeonato!

– Obrigada, Duda. Mas se você reparar bem vai perceber que eu sou mesmo é jogadora.

– É. Isso é verdade...

– E sou a única...

– Não tem importância. Mesmo sendo única, você é a mais bonita.

Lili riu e agradeceu.

•

O jogo começou e desde o início não foi fácil. O time adversário já jogava junto havia algum tempo e tinha uma boa posse de bola. Um dos atacantes, Silvinho, chutava forte e bem colocado. Lili conseguiu segurar dois chutes dele, mas não pegou o terceiro: 1 a 0 para o adversário. Veio o intervalo. Eles conversaram. Trocaram ideias. Marcelo e Soneca estavam nervosos na defesa.

– E além de tudo o Saco de Batatas está apitando contra a gente. Qualquer encostadinha ele apita falta nossa – reclamou o Marcelo.

– Deixa o Saco de Batatas fora disso. Ele morre de raiva do nosso time e se puder prejudicar vai prejudicar... – completou o Júlio César.

Veio o segundo tempo. Júlio César empatou o jogo aos 6 minutos. Silvinho desempatou, depois de uma bonita jogada e de uma falha de Lili. Marcelo tornou a empatar marcando um gol de longe, pegando o goleiro deles desatento. O jogo foi caminhando para o final, sempre tão difícil quanto no início. Um dos dois passaria para a outra fase, a semifinal. Um dos dois sairia vencedor. Se não fosse no tempo normal, haveria cobrança de pênaltis e aí, como todo mundo diz, é loteria, é jogo de sorte. Mas não foi preciso. Faltando apenas 2 minutos para terminar o jogo, Lili apanhou a bola atrasada para ela pelo Marcelo e a lançou para Júlio, que estava sozinho do lado direito da quadra. Ele recebeu a bola, avançou para a frente trazendo com ele três marcadores do time adversário. Era isso que ele esperava. Do outro lado, a quadra ficou meio vazia e ótima para a descida de Duda, que recebeu a bola num lançamento perfeito de Júlio César e emendou de primeira acertando o canto superior esquerdo do gol do adversário. O goleiro até pulou e tentou pegar, mas o chute saiu definido e forte, sem chance de defesa. A comemoração foi intensa, de quase todos os torcedores. Júlio César correu para Lili e deu-lhe um grande abraço e de quebra, sem pensar, deixou escapar um delicioso beijo no rosto vermelho dela. E foi retribuído. Tudo muito rápido, tudo muito alegre, tudo em meio a muitos gritos. O jogo terminou logo em seguida, mas ainda deu tempo para o professor João Paulo, que apitava o jogo, expulsar Duda. Ninguém entendeu por que, nem quis entender. O jogo acabou, e eles estavam classificados para disputar uma vaga na final.

•

À noite, em casa, enquanto envelopavam os convites da festa de aniversário, Lili contava para a mãe como tinha sido o jogo. Vânia, sem nenhum interesse em saber, forçava a atenção. Ela ouvia, mas entremeava a narrativa da filha com perguntas e comentários sobre o aniversário:

– A Neide eu aviso por telefone... Estes você entrega na escola... Não posso esquecer de avisar a Vilma. Ela vem a todas as suas festas... Ah! Os enfeites estão muito bonitos...

Quando Lili acabou de contar, Vânia olhou bem para a filha e perguntou:

– Lili... você não vai parar com isso, minha filha?

Lili levou um susto com a pergunta da mãe, tão distante de sua alegria. Só então se lembrou de que a mãe não gostava nem um pouco dessa sua atividade.

– Vou, mãe. Só em mais um jogo.

– Toda vez você me responde assim. Sempre tem só mais um jogo, depois só mais um, depois só mais outro. Nunca tem fim.

– Tem fim, sim. Só tem o jogo de sábado...

– Sábado, Lili? Sábado agora?

– É...

– Mas é o dia da festa do seu aniversário... Não é todo dia que alguém faz 12 anos, Lili.

Lili, calma, senhora de si, respondeu:

– Mãe, o jogo é de manhã, e a festa é no final da tarde, não é?

– É... mas você tem que se arrumar, se vestir, se preparar... Eu quero que você seja a mais bonita da festa...

– Mãe, fique sossegada. Tem tempo de sobra. Só não sei se vou ser a mais bonita da festa...

– Poxa vida, Lili, eu quero...

– Mãe, vai dar tudo certo.

Lili deu um abraço e um beijo gostoso na mãe. Ela tinha certeza de que realmente tudo daria certo. Naquela noite, sonhou novamente que dançava com um menino, de rosto colado e os corpos grudadinhos. Ninguém interrompeu a dança, e os dois se apertaram um pouco mais.

Coisas moles e duras se misturavam na delícia do sonho.

Anotações cheias de gostosuras

Lili entrou no seu quarto levando duas sacolas cheias de presentes que havia ganho pelo aniversário. A noite já ia avançada. Foi tirando os presentes das sacolas, um por um, e colocando-os sobre a cama. Gostou de todos, mas sua atenção estava voltada em especial para um deles, um par de pantufas fofas, delicadas, aveludadas, com caras de monstro nas pontas, presente de Júlio César. Nem o belíssimo par de luvas de goleiro, em couro amarelo e borracha antiderrapante preta, dado pelo Duda e apreciado por quase todo mundo, mereceu tanta atenção da aniversariante. Lili guardou os outros presentes e ficou com o par de pantufas sobre a cama, morrendo de vontade de calçá-las, mas com pena de colocar no chão uma coisa tão delicada. Ficou assim, admirando as pantufas por um tempinho. Depois abriu o guarda-roupa e tirou do esconderijo o diário secreto, sentou-se na beira da cama e ali mesmo registrou:

Anotações cheias de gostosuras

A festa do meu aniversário foi uma delícia. Das pessoas importantes que não podiam faltar não faltou ninguém. Nem a Páti, que ficou muito sem graça com o que eu escrevi no convite dela, falando sobre a palhaçada do bilhete que ela mandou para o Júlio César. É verdade que ela ficou com cara de esponja velha encostada no canto e super sem graça. Bem-feito. Não se fazem essas coisas com as amigas. E ainda teve que ouvir minha sugestão de procurar um par de pernas bonitas para fazer companhia a ela.

Minha mãe estava derretida o tempo todo. Parecia que a festa era mais dela do que minha. Deixa ela, ela gosta dessas coisas do jeito dela. E eu também. Comprou roupa nova. Uma maravilha. Roupa de cima e de baixo. Pra ela e pra mim. Tudo novo. Até parecia que meu corpo era novo. Quando eu estava me trocando, olhei no espelho e vi minhas curvas da cintura, cada vez mais curvas. E as curvas dos seios também. Umas pra dentro outras pra fora. A gente se vê e parece que está vendo outra pessoa diferente daquela de alguns meses atrás, mas é a gente mesmo. O engraçado é que o que mais mudou não foram as curvas, não é o que está do lado de fora. É o que a gente vai sentindo por dentro, as coisas diferentes que aparecem dentro da gente.

Tudo deu certinho. Tudo dentro do tempo. Antes da festa teve o jogo, aquele que minha mãe achou que atrapalharia a festa. Que nada. Começou e acabou dentro do tempo e deu tudo certo. Mais uma vez nós ganhamos, e dessa vez tenho certeza que eu fui o melhor jogador dentro da quadra, quer dizer, a melhor jogadora. Ganhamos de 2 a 0, um gol do Júlio César e outro do Soneca. Eu peguei tudo. Até senti dor no peito por causa de umas boladas, mas não passou nada. Fui cumprimentada pelos adversários e pelo Saco de Batatas. Saímos de lá com a torcida gritando "É campeão! É campeão!". Prometi ali mesmo para os meninos que vou jogar na partida final, sábado que vem. Prometi e está prometido, ninguém vai me fazer mudar de opinião. E vamos ganhar, tenho certeza.

Sabe de uma coisa? Cada gol que um dos meninos marcava, o Júlio César vinha correndo pro meu lado e me abraçava com muita força e me dava um beijo no rosto. E aí toda vez que saía um gol, eu ficava esperando ele me abraçar e aí eu comecei a dar um beijo nele também. Então eu descobri que o beijo dele era mais gostoso que o jogo inteiro. Que aquele abraço apertado e o beijo no rosto eram mais esperados do que a vitória. No jogo de hoje, o beijo escorregou um pouco do rosto, e os lábios dele encostaram nos meus. Ufa! Acho que foi por isso que peguei tudo no gol.

E hoje, na festa, com a desculpa de conversar sobre o time e o próximo jogo, nós ficamos juntos o tempo todo. E dançamos várias vezes. Parecia um sonho. O sonho que eu sempre sonhara, dançando com um menino e experimentando coisas gostosas que meu corpo antes não conhecia. E aí tá outra coisa que nenhum jogo é melhor. Dançar e dançar e dançar... Agora entendo por que algumas meninas da minha classe são tão assanhadas quando falam dos meninos. Elas descobriram antes que eu...

Agora vou me deitar. Com as pantufas que ganhei do Júlio César. Tenho certeza de que ele gostaria que isso acontecesse. Amanhã eu faço as últimas anotações. E vou agradecer muito minha mãe, pela festa e por ter entendido minha vontade de jogar. Não sei por quanto tempo eu vou jogar e se vou jogar no futuro. Está muito longe e o que importa agora é curtir esses jogos e as novas emoções que ando vivendo.

Depois do longo depoimento escrito no diário, Lili foi dormir feliz da vida. Vitoriosa e sentindo-se uma menina meio moça, com desejos de coisas diferentes, que ela experimentaria mais à frente.

Mas isso é outra história. E fica para depois.

Só depois do...

Ninguém esperava outra coisa que não fosse a vitória do time de Lili e Júlio César. Embalados pela excelente *performance* dela no gol e com Júlio César no comando do time, a vitória veio, apertada, mas sem sustos. Junto com ela, os gols e as comemorações. Os abraços, os beijos, os lábios se tocando.

Quando a partida terminou, depois da volta olímpica pela quadra, os torcedores e os jogadores foram se retirando, esvaziando a praça esportiva. Júlio César e Lili ficaram por último, andando mais devagar que os outros. Lili deu uma paradinha, segurou a mão direita do garoto e perguntou:

– A gente tá namorando?

Júlio César, pego de surpresa, mas adorando a pergunta, respondeu:

– Ainda não. Só depois do primeiro beijo na boca...

O autor

Nasci em Nova Granada, interior do Estado de São Paulo, num dia 4 de junho, um bom tempo atrás. Nessa cidade, cresci e fiz meus primeiros estudos. Tive uma infância deliciosa numa rua cheia de histórias, meninos, meninas e brincadeiras. Foi lá também que passei minha juventude, descobrindo um pouco das artes e artimanhas da vida, sempre rodeado de muitos amigos e de uma família carinhosa.

O tempo foi passando e veio a necessidade de definição profissional. Sem muitas opções na cidade e quase sem recursos para voos mais altos, formei-me professor, carreira que percorri por trinta apaixonados anos.

De Nova Granada fui para São José do Rio Preto, onde fiz o curso de Pedagogia, aprimorando-me como professor. De São José do Rio Preto, sonhos mais volumosos trouxeram-me a São Paulo, onde moro até hoje. Foi em São Paulo que desenhei minha vida com as formas que ela tem hoje, aí incluídos meus filhos. Aproveitando oportunidades que surgiam e criando outras, fui fazendo cursos, estudando, vivendo experiências profissionais diferentes e enriquecedoras. Fui professor, coordenador e diretor de escolas. Escrevi programas que ajudaram na formação de outros professores. Cursei pós-graduação em Educação e Comunicação. Estudar sempre fez parte de minha vida e, ainda hoje, continuo estudando, agora me dedicando às questões da cidadania e da comunicação na sociedade pós-moderna.

Sou autor de livros didáticos de língua portuguesa e de paradidáticos sobre cidadania e outros valores para alunos dos anos iniciais do ensino fundamental.

Paralelamente ao trabalho como educador, fui escrevendo, desenvolvendo uma vocação que já havia aparecido em Nova Granada, quando colaborava no jornal local. Comecei escrevendo só para meus alunos, depois passei a escrever para crianças e jovens leitores em geral. Entre meus livros estão *Diário de Biloca*, *Treze contos*, *Sete gritos de terror*, *Tesouro perdido do gigante gigantesco*, *Amoreco*, *Lambisgoia*, as coleções Tantas Histórias e Meninos & Meninas.

Hoje, são dezenas de livros de literatura, alguns publicados em outros países, milhares de leitores e muita satisfação de ver meus escritos dando prazer às pessoas.

Entrevista

Que meninos e meninas são diferentes, isso todo mundo sabe. Mas que podem ter atividades e gostos semelhantes, parece que não é tão óbvio assim. É o que descobre Lili Pimenta e sua turma. Leia a entrevista com o autor Edson Gabriel Garcia e conheça um pouco sobre ele e sua obra.

COMO LEITOR, QUAL SEU GÊNERO PREFERIDO?

• Não tenho um gênero preferido. Gosto muito de biografias, de bons poemas, de romances, de livros temáticos, de policiais... enfim, gosto de ler tudo o que é bom.

AO LER *LILI PIMENTA, A DONA DA BOLA*, FICAMOS COM A IMPRESSÃO DE QUE VOCÊ CONHECE BEM O UNIVERSO ESCOLAR OU TEM MUITA FAMILIARIDADE COM ELE. VOCÊ CONFIRMA ISSO? EXERCE ALGUMA ATIVIDADE LIGADA À ESCOLA?

• Conheço muito. Minha biografia confirma isso. Passei cerca de trinta anos dentro de escolas ou coordenando projetos para a melhoria delas. Vários dos meus livros abordam o relacionamento das pessoas nas escolas. Trabalhei em quase todas as funções desse estabelecimento. Aprendi muito com os colegas, com meus alunos e com a comunidade. E, olha, dentro da escola tem matéria ou inspiração pra mais uma centena e meia de livros. Uma gostosura!

Embora as mulheres tenham conquistado muitos espaços e exerçam hoje inúmeras atividades antes restritas aos homens, é inegável que homens e mulheres são muito diferentes. Por favor, comente.

• São diferentes e iguais ao mesmo tempo. Mulheres e homens se completam nas diferenças, se gostam e se admiram naquilo em que não são semelhantes. Isso faz parte da beleza da vida. Como escritor, sempre gostei de criar personagens femininas fortes. Alguns dos meus sucessos literários são encabeçados por personagens femininas, como a bruxinha Domitila, da década de oitenta e cuja coleção foi recentemente relançada, a Biloca, da década de noventa, sucesso traduzido para os países de língua espanhola, e agora, no novo século, a Lili Pimenta, que espero que encante os leitores.

Apesar das inúmeras mudanças ocorridas na sociedade, ainda há muito preconceito em relação aos brinquedos das crianças. Ainda há os brinquedos ditos "de menina" e os "de menino". Concorda com isso?

• Bem, isso tudo é invenção do machismo. Quem disse que menino não pode brincar de bonecas? Quem falou que futebol é coisa só de macho? Nada disso. As invenções humanas não têm sexo e devem ser usadas por quem quiser. Na boa.

Na sua opinião, os adolescentes de hoje em dia são muito diferentes dos da época em que você era adolescente? Ou os conflitos, as angústias e preocupações fundamentais continuam semelhantes?

• Sinceramente... não tenho certeza nem de uma coisa nem de outra. Mas penso mais pelo lado da semelhança. No fundo, no fundo, acho que carregamos de geração em geração as preocupações fundamentais com a liberdade, com a saúde, com o bem-estar, com a família, com a morte, com o futuro... e por aí vai. Apenas os detalhes são diferentes.

Você é escritor de livros infantojuvenis. Tem muito contato com seu leitor? O que é mais interessante nesse contato?

• Tenho muito contato. Dentro do tempo que tenho disponível para isso, procuro atender e responder a tudo: entrevistas, cartas, *e-mails*, telefonemas, palestras. É interessante, pois cada encontro ou contato traz sempre um ponto de vista diferente. Há sempre alguma coisa nova para ser vista, ouvida, aprendida. É a vida pulsando pela novidade.

PODERIA DIZER AO LEITOR ALGUMA COISA SOBRE *LILI PIMENTA, A DONA DA BOLA*?

• Poderia dizer um mundão de coisas, mas prefiro dizer apenas isto: curta essa aventura da Lili e deixe nascerem outras "Lilis" em sua vida. E, querendo, me procure para a continuação desta conversa-entrevista.

Lili Pimenta, a dona da bola

Edson Gabriel Garcia

Suplemento de leitura

Lili Pimenta tem 11 anos e é goleira – e única mulher – de um time de sua escola. E não se trata de uma goleira qualquer, ela é o melhor goleiro da escola! Seus companheiros de time se sentem seguros e felizes quando Lili está no gol. Acontece que o regulamento do campeonato de futebol que está para acontecer na escola estabelece, com todas as letras: campeonato de futebol para meninos. E agora, como fica o time de Lili? E ela, o que faz? Está instalada a polêmica na escola e na vida da garota. Afinal, meninos e meninas podem jogar juntos? Ninguém vai poder ficar sossegado, sem tomar uma posição, diante dessa questão.

Por dentro do texto

•

Enredo

1. As frases abaixo relembram os acontecimentos mais importantes da história de Lili, mas estão fora de ordem. Numere-as de acordo com o desenrolar da narrativa:

( ) Dona Zizi convoca os professores para discutir o regulamento do campeonato.

( ) A escola resolve realizar um plebiscito para resolver a polêmica do regulamento do campeonato.

( ) Júlio César resolve falar com a diretora da escola, dona Zizi, sobre o regulamento do campeonato.

( ) Vânia recebe um malicioso telefonema anônimo que insinua coisas a respeito de sua filha.

( ) Júlio César, Marcelo, Duda e Rafael estão preocupados: o regulamento do campeonato de futebol da escola diz que só os meninos podem jogar. O que fazer? No time deles o goleiro é uma menina, e ela é o melhor goleiro da escola.

( ) Lili está crescendo, seu corpo está mudando. Por isso, sai com a mãe, Vânia, para comprar seu primeiro sutiã.

( ) Lili participa do jogo, e seu time se classifica para as finais.

( ) Júlio César recebe um bilhete, supostamente escrito por Lili, em que ela diz não poder jogar devido a um namorado.

( ) Lili recebe um bilhete de Júlio César em que ele pede sua participação no jogo.

( ) Furiosa, a mãe de Lili vai à escola falar com a diretora.

( ) Na festa de seu aniversário, Lili está radiante e tem muito a comemorar: seu time vai para a final e ela e Júlio César estão em clima de namoro.

Linguagem e foco narrativo

9. Na página 18, o narrador diz que o professor Toninho "conseguia fazer da gramática dos textos um pedaço gostoso da gramática da vida". O que você entende pela expressão "gramática da vida"?

10. A linguagem empregada pelo autor é bastante informal. Por que você acha que ele se valeu desse recurso? Em sua opinião, a linguagem informal é adequada a uma narrativa como essa?

11. Complete os espaços em branco:
A história de Lili Pimenta é narrada em 3ª pessoa por um narrador que não é personagem. Já as páginas do diário são escritas em ________. É ___ quem nos conta os fatos e nos descreve sentimentos e situações.

Produção de textos

•

12. Em relação aos homens e mulheres, Júlio César afirma que "somos diferentes mas somos iguais em muitas coisas". Em sua

5. Podemos dizer que a diretora da escola, dona Zizi, se identifica com Lili porque, quando criança, também teve comportamentos considerados impróprios para meninas. Você concorda com essa afirmação? Justifique sua resposta com trechos da narrativa.

6. Na página 54, afirma-se que Helô tinha "um *hobby* que todos achavam estranho para uma professora de matemática: gostava de ler e escrever poemas".

a) Por que "todos achavam estranho" o *hobby* da professora? Justifique sua resposta.

b) Na sua opinião, a atividade profissional das pessoas determina seus outros gostos e prazeres? Por exemplo, uma professora de matemática só pode gostar de números e assuntos relacionados a geometria, aritmética, etc.? Explique.

7. O professor João Paulo está convicto de sua opinião: jogo de futebol é para homem. Você concorda com ele? Por quê?

8. Na página 15, Lili faz a seguinte indagação, em seu diário: "A vida vai passando e a gente tem que parar de fazer o que gosta?". Se Lili tivesse feito essa pergunta a você, o que você responderia: sim ou não? Que explicação daria a ela?

( ) O “sim” vence o plebiscito. Mas Lili e Júlio César não estão se entendendo, e ela não sabe se vai jogar.

2. Lili faz muitas anotações em seu diário, que permitem ao leitor conhecer os sentimentos da garota. Releia o trecho da página 15 e comente, com suas palavras, os sentimentos de Lili naquele momento.

3. Compare o trecho de diário da página 15, mencionado na questão acima, com o trecho da página 73 e responda: O que mudou em Lili?

Personagens

4. Há quem diga que “mãe é mãe, só muda de endereço”. Será? Vamos comparar Vânia, mãe de Lili, com Marieta, mãe de Júlio César:

a) Qual a opinião de cada uma delas sobre o fato de Lili jogar futebol em um time de meninos?

b) O que dizem aos filhos? Como reagem diante desse fato?

opinião, o que ele quis dizer com essa afirmação? Escreva no mínimo quinze linhas sobre o assunto, argumentando seu ponto de vista, citando exemplos, etc.

13. Para você, meninos e meninas podem jogar futebol (ou praticar outro esporte) juntos? Defenda seu ponto de vista em um texto argumentativo de, no mínimo, vinte linhas.

Atividades complementares

•

(Sugestões para História, Geografia, Ciências e Artes)

14. A escola de Lili realizou um plebiscito. Em outubro de 2005, os brasileiros participaram de um referendo. Com a ajuda dos professores de história e geografia, pesquise o que é um plebiscito, o que é um referendo e quando eles são aplicados.

15. Ao longo da narrativa, percebemos que Lili amadurece física e psicologicamente. Em grupo, pesquise com seus colegas o que é puberdade, que mudanças os jovens vivenciam nesse período, quais são suas maiores dificuldades, o que fazer para superá-las sem traumas, etc. Recolha fotografias, ilustrações, gráficos sobre o assunto e monte um folheto explicativo. É importante que os textos elaborados sejam curtos, claros e objetivos. Quando o folheto estiver pronto, troque-o com os outros grupos, para que uns conheçam os trabalhos dos outros, dêem sua opinião e discutam a respeito.